espiando pela fresta

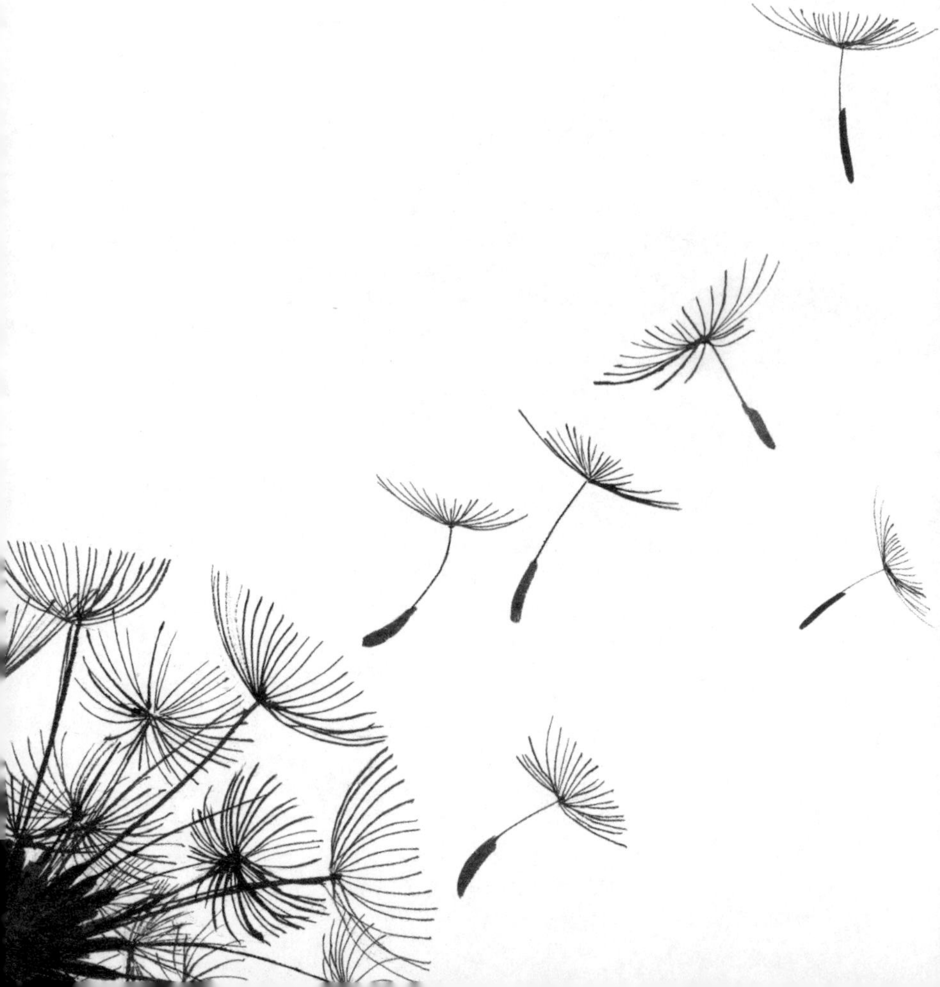

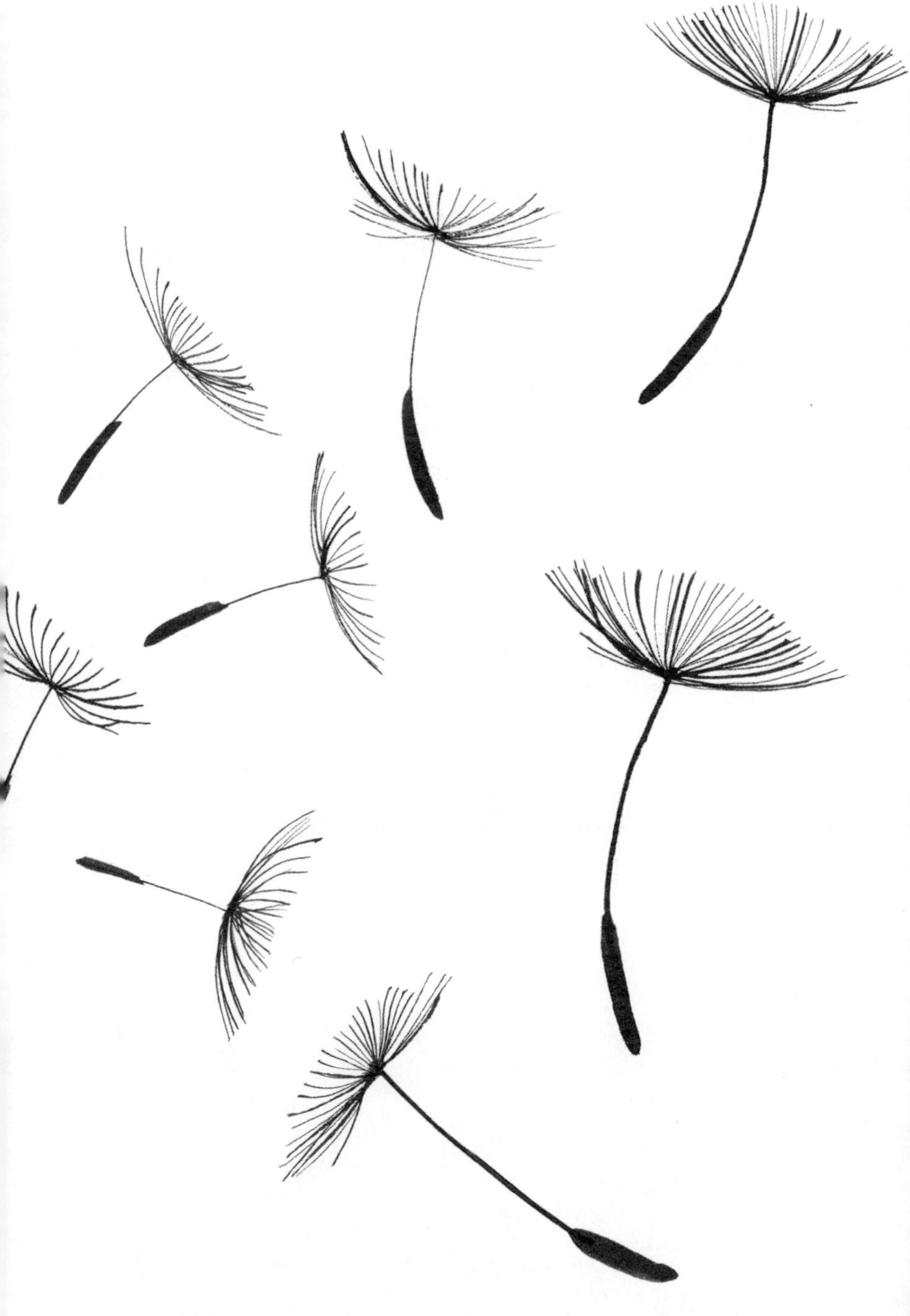

espiando pela fresta

Sibélia Zanon

com ilustrações de
Fátima Seehagen

ORDEM DO GRAAL NA TERRA

Editado pela:
ORDEM DO GRAAL NA TERRA
Caixa Postal 128
06803-971 – Embu – São Paulo – Brasil
www.graal.org.br

1ª edição: 2010

Dados Internacionais de Catalogação na Publicação (CIP)
(Câmara Brasileira do Livro, SP, Brasil)

Zanon, Sibélia
 Espiando pela fresta / Sibélia Zanon; com ilustrações de Fátima Seehagen. – Embu, SP : Ordem do Graal na Terra, 2010.

 ISBN 978-85-7279-114-4

 1. Contos brasileiros. I. Seehagen, Fátima. II. Título.

10-10013   CDD-869.93
Índices para catálogo sistemático:
 1. Contos : Literatura brasileira 869.93

Nova Ortografia da Língua Portuguesa

Copyright © ORDEM DO GRAAL NA TERRA 2010
Impresso no Brasil
Direitos reservados

10   9   8   7   6   5   4   3   2   1

frestas

sonho alado, 12
vestido de chita, 18
cheia de graça, 22
o lado de lá, 28
bandido ou mocinho, 32
encontro de despedida, 36
histórias de confeitaria, 40
nas asas da julinha, 44
peixe fora d'água, 48
agenda sentimental, 52
pingo de gente, 56
amiga vida, 60
espiando pela fresta, 64
vermelho de um dia, 68
feito à mão, 72
vazamento de sonhos, 76
lição de gente pequena, 82
sobre chinelos de dedo, 86
de repente, presente, 90
perdidos e achados, 96
balanço do dia, 100
natal com gardênias, 106

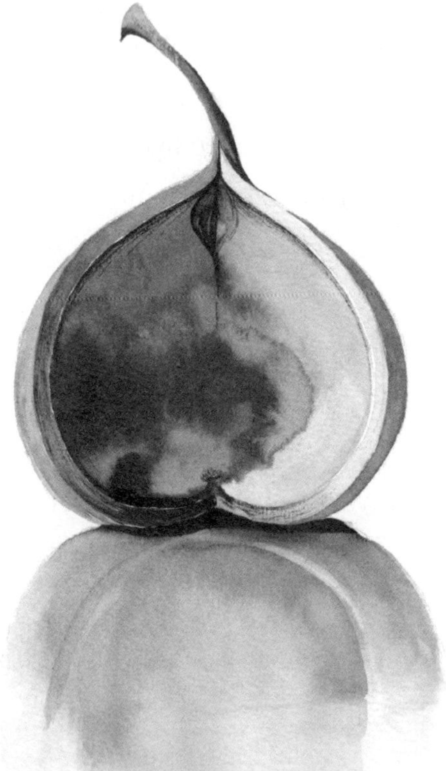

introdução

esconde-esconde

Moluscos parecem seres felizes com sua concha protetora: escudo, esconderijo, disfarce. Inspirada nessa condição, fiz muitas vezes como se fosse um deles e brinquei de esconder, simplesmente desejando esquecer o caminho para a porta de saída da concha e não deixando também ninguém e nada entrar.

Ilusão. Mesmo fechando os acessos ao interior, permanecia uma fresta aberta – até no silêncio e na introspecção – por onde entrava e saía o ar que respiro, um grão de areia pensamento, uma intenção.

Isso me lembra de uma palestra que assisti durante a época da faculdade de jornalismo. Um editor falava sobre o lançamento de uma revista direcionada ao público feminino, que teria grande tiragem. Entre as coisas que disse, o seu sentimento de descompromisso com a vida foi a que mais me impressionou. Segundo ele, como jornalista, não tinha obrigação de se comprometer com a melhoria do mundo. O grande editor foi ficando pequenininho. Ele não via qualquer fresta aberta.

Ainda que esse tipo de pensamento produza eco em algumas mentes, cada vez mais pessoas sentem-se inseridas no todo e buscam um outro tipo de comprometimento com a vida. Quero fazer coro com aqueles que pensam em valores. "O que quiserdes fazer, o que vos esforçardes em almejar, primeiro perguntai a vós mesmos sobre os valores que com isso produzireis e encontrareis!", escreve Abdruschin*. Que valores buscamos? Que tipo de realização queremos? Vivemos e produzimos apoiados em que fundamentos pessoais e em nome de que causa?

Permanece uma fresta aberta para o interior de cada concha. Por essa fresta cada vida influencia o circular das relações – relações com o próximo, com a natureza, com o núcleo pulsante do universo.

---
* *Na Luz da Verdade*, Mensagem do Graal, Abdruschin.

Tudo o que vibra do interior: os pensamentos em que se investe, a forma como se usa o tempo, as palavras pronunciadas são sementes que desenham a paisagem do mundo. Não há um esconderijo, e o discurso da ignorância não serve como escudo. É propriedade da semente nascer planta. E é através das sementes que enriquecemos o universo ou contribuímos para um ciclo destrutivo.

Cada um mede e escolhe a intensidade e a qualidade de seu plantio e cada semente de boa linhagem gera melhorias. Uma escolha move a outra, uma planta gera outras sementes e um novo ciclo brota.

Foi pensando sobre isso e espiando por algumas frestas – frestas da imaginação, das janelas, dos moluscos vizinhos e as minhas próprias – que acabei ficando com essa vontade de espiar em conjunto.

Sibélia Zanon

sonho alado

A menina ganhou um passarinho. Ele era amarelo e laranja e morava na gaiola. Mesmo quando a gaiola estava aberta, o Amarelinho não voava. A menina pensava que o passarinho gostava da gaiola. Afinal, ele estava sempre cantando e a menina só cantava quando se sentia feliz.

Amarelinho cantarolava pelo dia. Ele via o céu através da janela do apartamento. A menina foi crescendo e entrou na escola, descobriu novos lugares e novas gentes. O passarinho não. Ele continuou olhando a mesma vista da janela, com pedaços de céu e pedaços de prédios. Às vezes ele via passar um urubu ou um pardal, mas a gaiola e o vidro pareciam barreiras infinitas que os separavam. Amarelinho não tinha aprendido a voar. Nem adiantava tentar se comunicar.

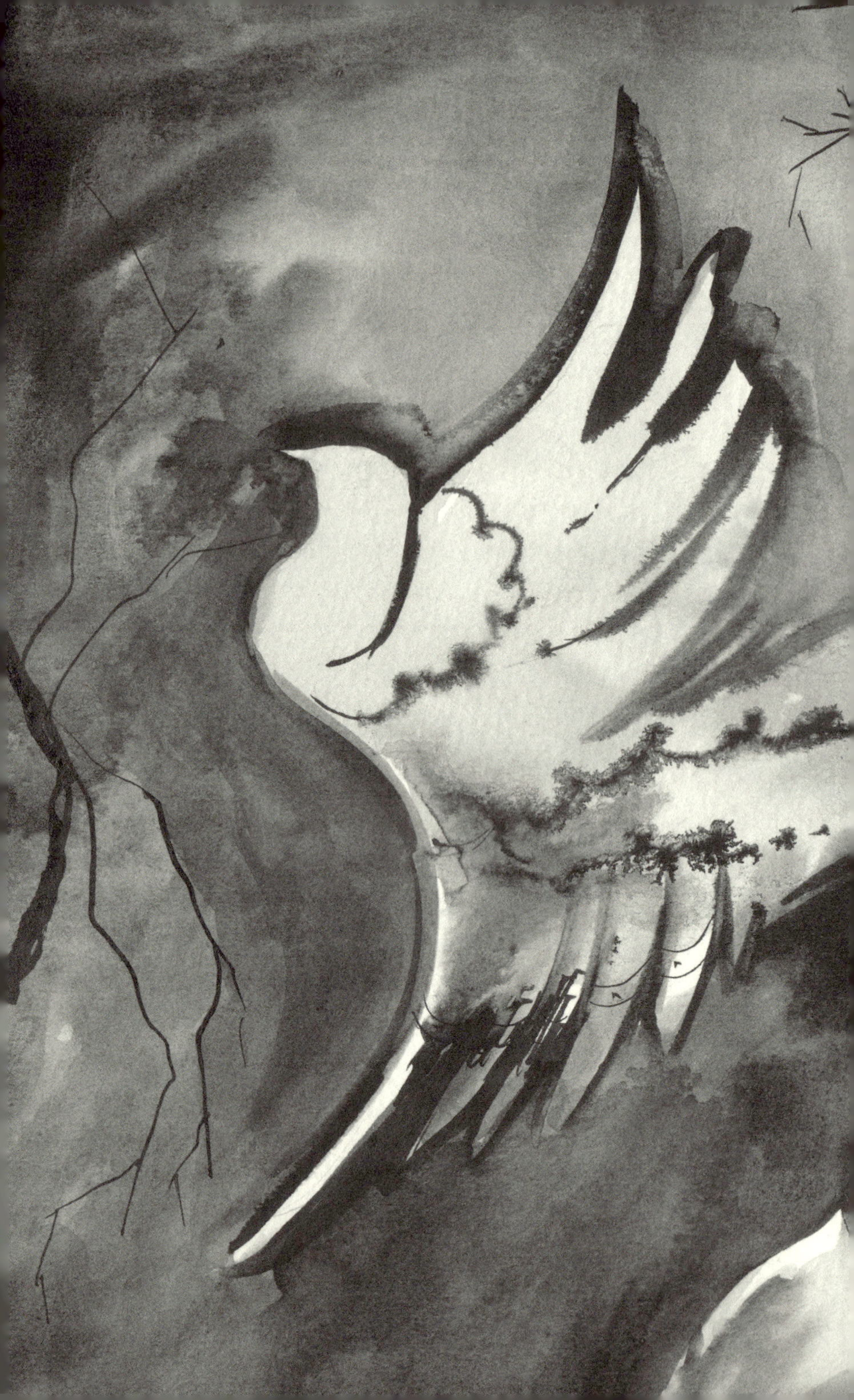

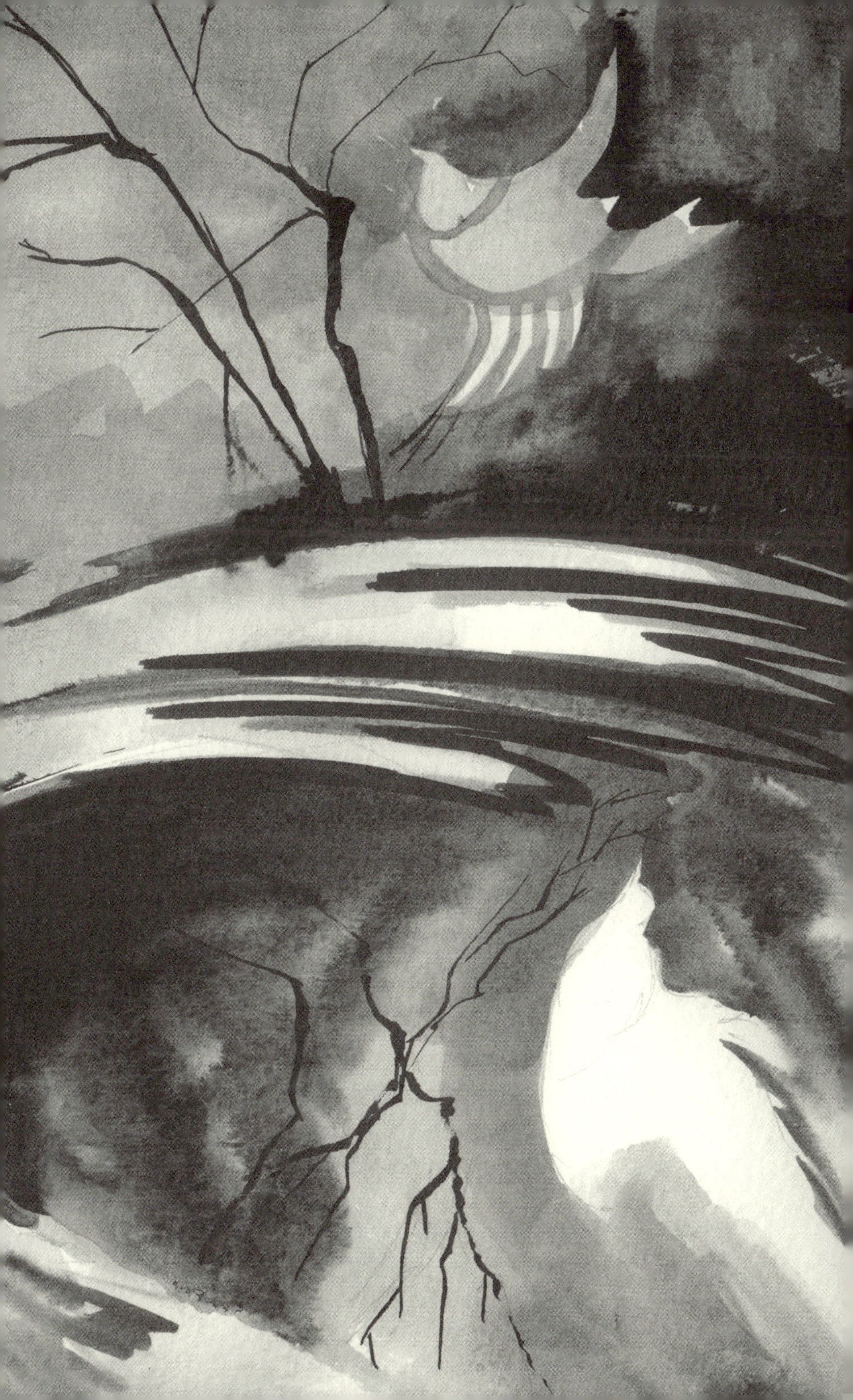

A menina sonhou um dia que tinha nascido com asas. E as suas asas eram poderosas, elas iam largo e longe. Obedeciam as suas vontades. No sonho, ela passeava por cima de florestas e mares e nem tinha medo de cair por precipícios entre montanhas e chapadas. Suas asas eram muito mais poderosas do que a asa-delta que seu tio usava nos feriados.

A menina virou adolescente, Amarelinho já não estava lá. Cansou de sonhar com o céu, cansou de cantar sozinho. Sua imaginação foi encolhendo pequenininha até que ele morreu.

A garota sempre lembrava do seu sonho de menina com asas, vendo o chão lá de cima, feito bicho alado. Será que na época dos dragões ela teria voado assim alto alguma vez? O passarinho morreu de prisão. Será que quando ela virasse adulta, o voo também precisaria morrer?

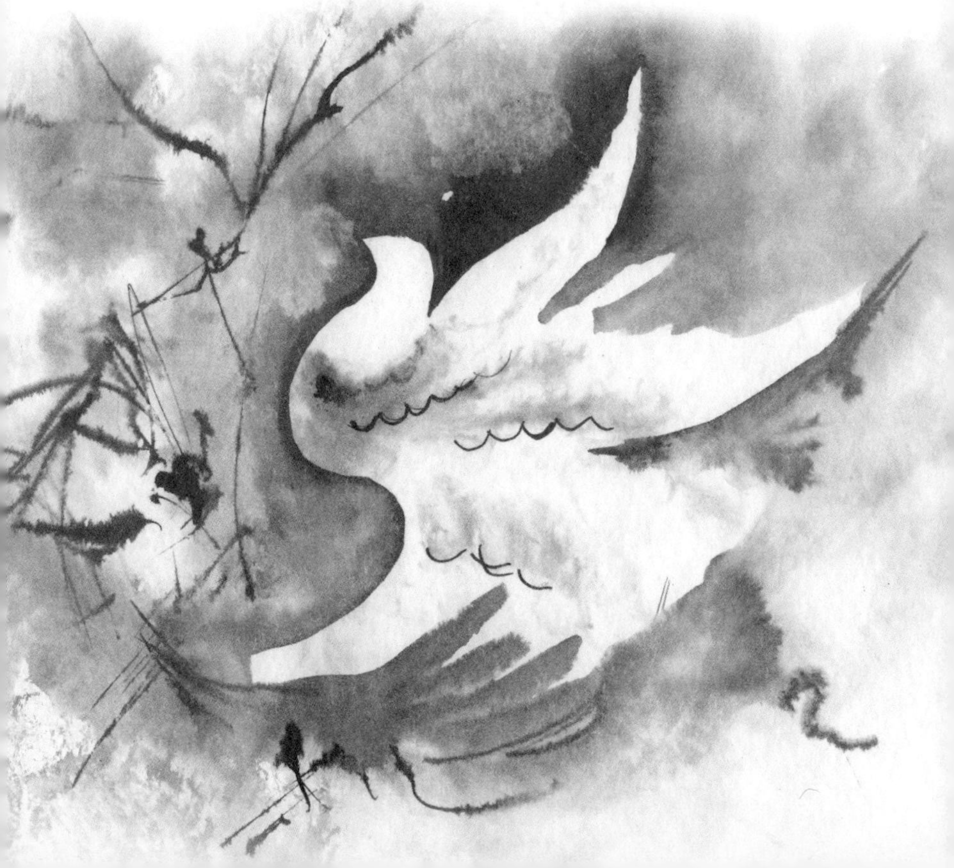

vestido de chita

Ele começou a me contar sobre as sensações que teve quando quebrou o braço, ainda menino. A narrativa, que passava pelo tédio do gesso nas férias, pelos medos e dores, falava também sobre a beleza que é a possibilidade de reconstituição. Falava sobre o óbvio, mas surpreendente, que é um osso colar e uma ferida fechar.

A história contada pelo meu marido me fez lembrar as roupas de chita das festas juninas. Tem graça um vestido de festa junina sem remendo? Uma vida que não precisa de nenhum conserto também não tem história. Os remendos são contadores de história, eles falam sobre a dor, sobre a fragilidade, mas também contam pequenas aventuras. Ensinam sobre a solidariedade e sobre o que dá errado, mesmo quando as intenções são boas.

Um dia antes da nossa conversa, meu braço quebrado tinha sido consertado em uma cirurgia e eu sentia aquelas mesmas coisas que ele contava ter sentido, talvez de uma forma diferente, mas com alguns retalhos iguais. Os ossos colados são mesmo um milagre cotidiano, mas não ficam muito atrás dos remendos que conseguimos fazer em outras áreas da vida, como nas relações.

Quem não deixa, vez ou outra, uma porção de arranhões e pequenos esfolados atingirem o coração? Nessas horas a cirurgia dispensa o bisturi e precisa mesmo é de boas palavras. Boas palavras parecem alcançar os espaços mais sutis e têm a capacidade de curar até um machucado esquecido. Por isso é tão fantástico ter alguns bons amigos, dos bem queridos mesmo, porque eles sabem, sem contar com isso, curar justamente aquele machucado que insiste em não sarar.

Com braço e coração curados, decido que quero ser como aquelas roupas de chita, com remendos bem costurados. Afinal, quem nunca teve um corte ou um rasgo para remendar não conhece o gosto bom de ombro de amigo, de palavra que cura, de beijo de marido e de um saboroso quentão.

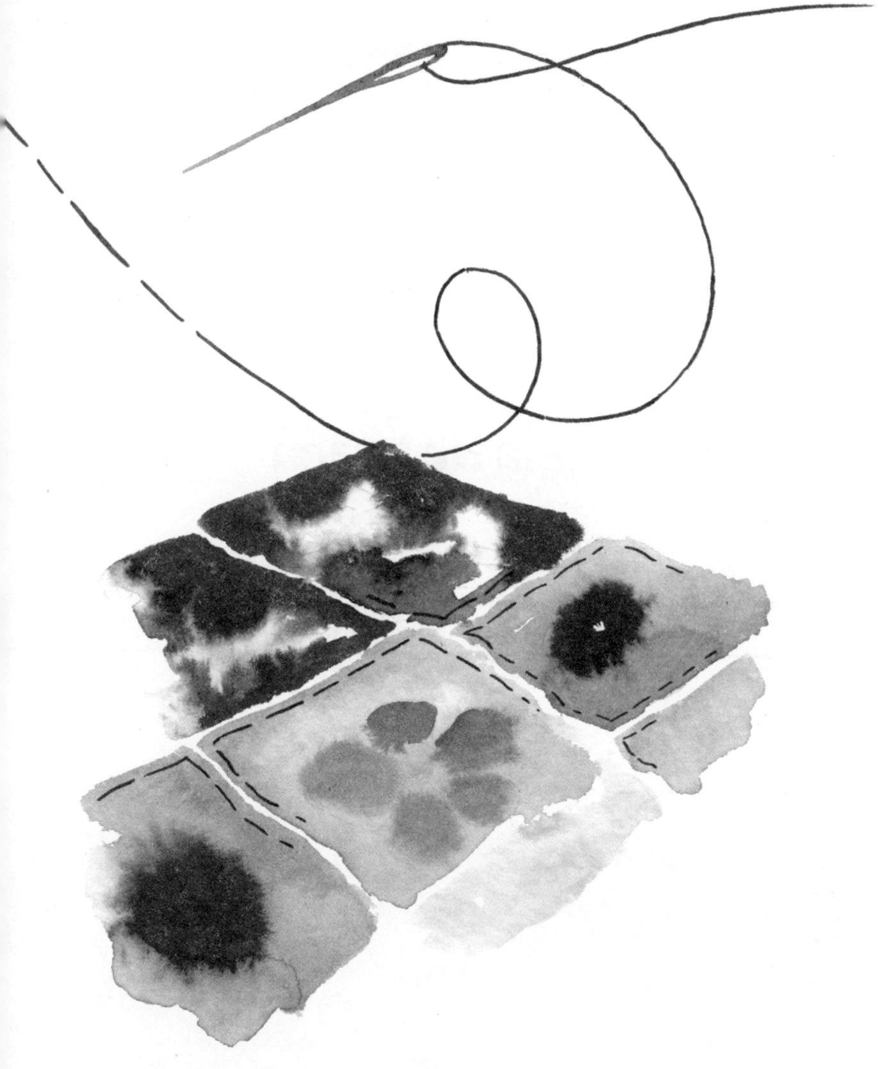

cheia de graça

Ainda que muita coisa pareça não ter graça na velhice, imagino que o lado positivo deve estar no olhar. Em uma comparação, imagino que cada olhar seja capaz de interpretar a vida de acordo com um ângulo específico. Os mais velhos deveriam ser proprietários de um ângulo generoso, perto dos 180 graus. Isso porque, tendo a chance e o tempo de conhecer melhor a vida, a compreensão, a tolerância e a sabedoria permitiriam uma visão mais abrangente.

Mesmo que o ângulo de visão possa ser sempre maior com o passar dos anos, é verdade que não há garantias de que o progresso aconteça assim. Depende do desejo e do empenho de cada um, mas que a vida propicia inúmeras oportunidades para ampliar o campo de visão, ah, isso ela faz!

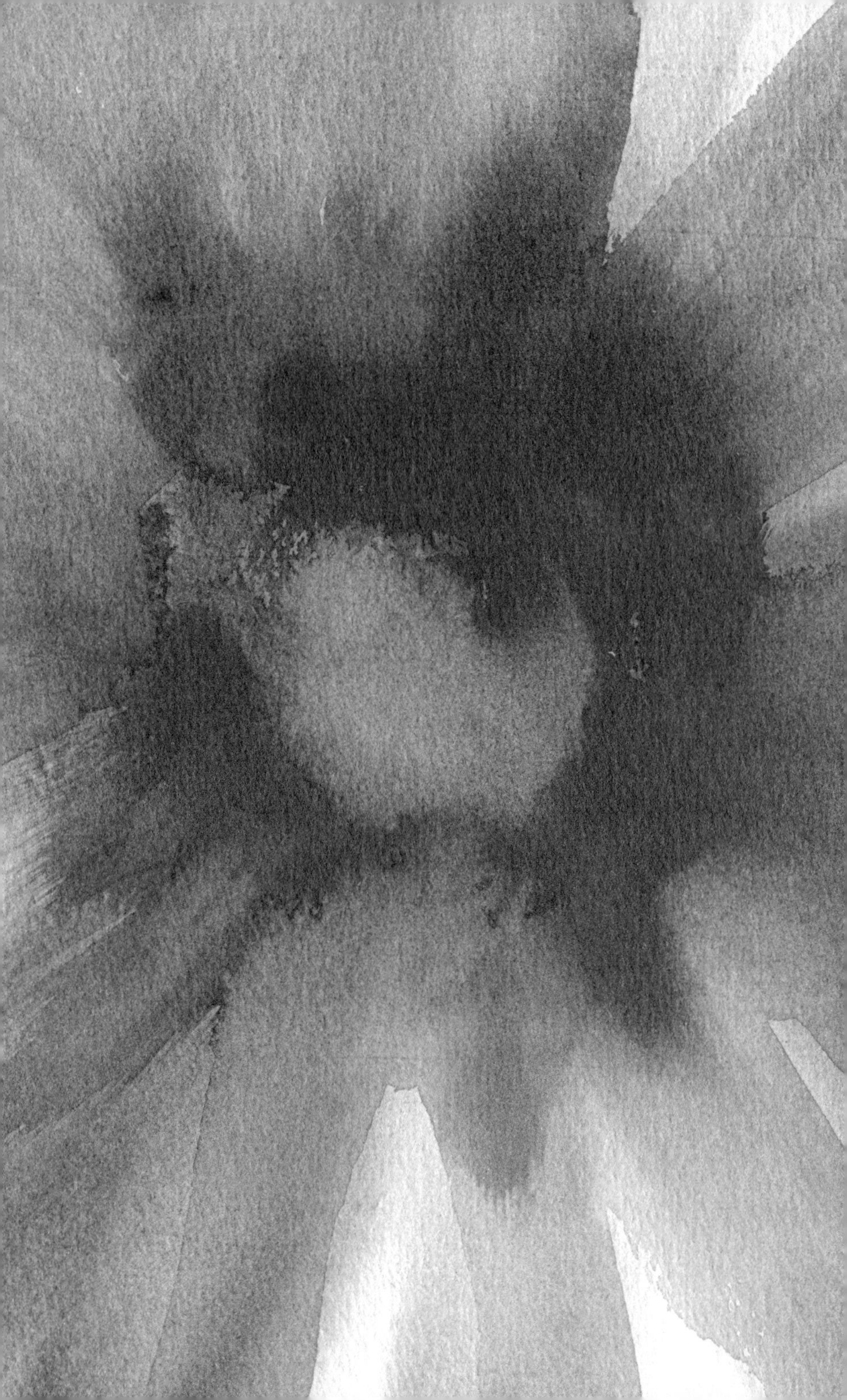

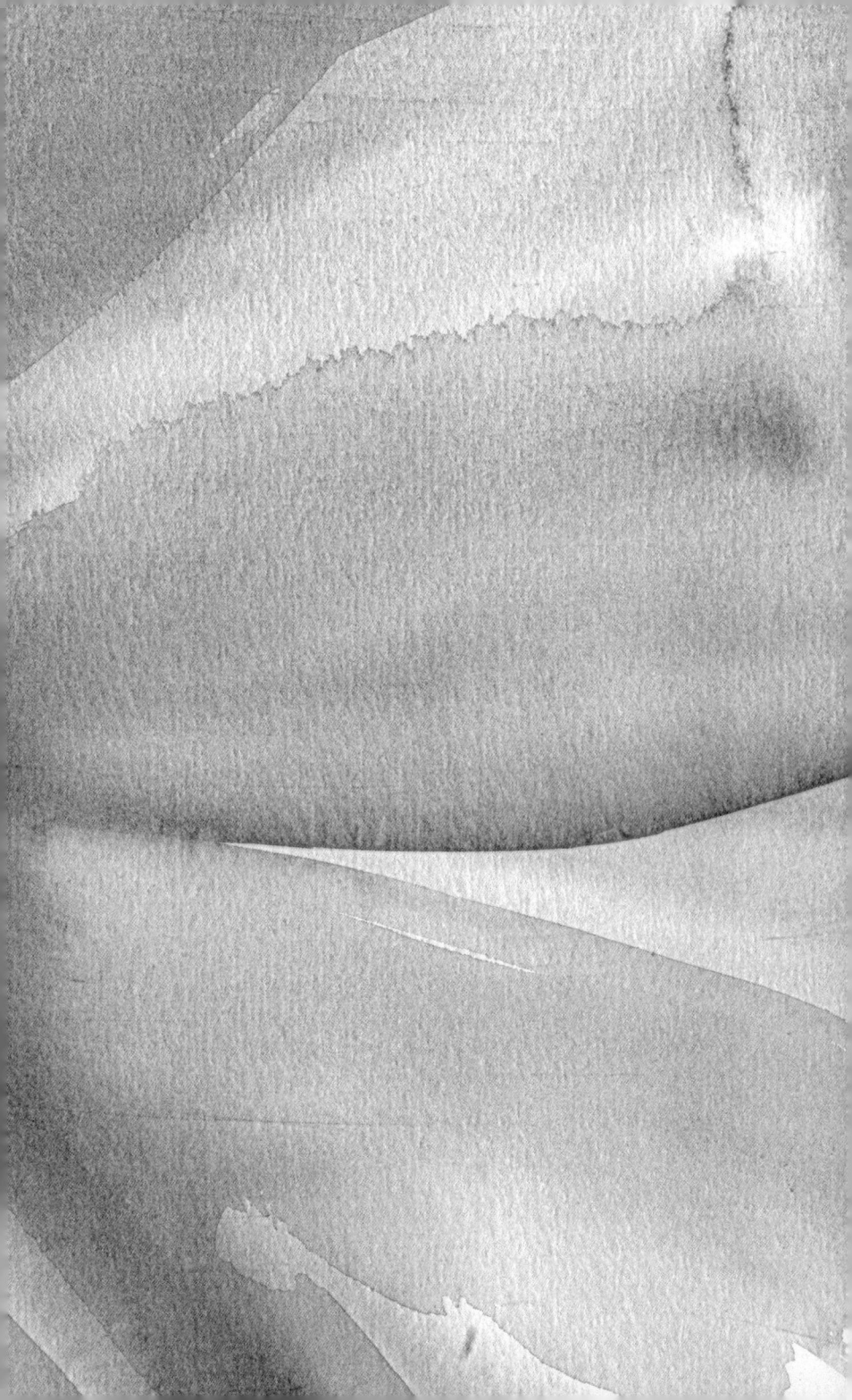

Lembro-me bem de estar na floricultura de sempre com a minha irmã. Fomos as duas comprar as últimas flores que minha mãe daria de presente à minha avó. Ela tinha pedido as flores mais lindas que encontrássemos. Era feriado e estava pensando se realmente iríamos achar as flores desejadas em tempo: grandes rosas vermelhas. No dia anterior, já um pouco tarde, julguei o pedido complicado. Na nossa cidade não havia boas floriculturas e rodamos alguns quilômetros habituais até chegar na mesma floricultura, que havia sido descoberta pela minha avó há muitos anos.

A floricultura estava aberta: para quem sempre presenteou com flores pela vida, a vida não se negaria a dar as últimas rosas. Não queríamos coroas ou algo parecido, mas um arranjo com algumas poucas flores muito exuberantes. Compartilho do pensamento divertido do escritor Rubem Alves em proteção à beleza das flores e contra o mau gosto das coroas nos velórios: "Comparem a beleza de uma flor, uma única flor, um trevo azul de simetria pentagonal, com o horror de uma coroa. Olhando para a florzinha do trevo, meus pensamentos ficam leves, flutuam. Olhando para uma coroa, meus pensamentos ficam pesados e feios."

Entramos na floricultura e encontramos as rosas mais lindas que minha avó já tinha ganhado. Ficamos um tempo lá, minha irmã e eu, arrumando as flores. Quando vi os dois arranjos enfeitando a sala, onde estava o corpo velhinho da minha avó, os amigos mais chegados se juntando à minha mãe, o clima solene de despedida e querer-bem que foi se formando, entendi o valor de cada flor. Nem sempre podemos julgar a importância de uma rosa para aquele que quer presentear; não há pedido complicado para quem precisa se despedir.

o lado de lá

Faz tempo que não me dou conta do canto do primeiro pássaro do dia. O último amanhecer marcante de que me lembro foi no Pantanal, onde o aranquã não dá tréguas para o sono de quem está a trabalho ou de férias. Todos os dias eu acordava feliz e mandava minha saudação, mesmo que silenciosa, em resposta àquela primeira voz do dia.

Lembrei do Pantanal porque hoje fui saudada pelo primeiro sabiá. Eu acordei antes dele e por isso pude ouvir seu canto. Ele convocou sua equipe para despertar e, aos poucos, a melodia solitária foi ganhando ares de orquestra. Esperei os jacus que não se atrasaram, barulhentos como de costume.

Mas por que será que o aranquã me acordava no Pantanal e o sabiá não tem feito o mesmo aqui em casa? Será que meu ouvido está anestesiado pela música cotidiana?

Enquanto nos ocupamos com muitas tarefas e acostumamos nosso olhar com uma porção de belezas e feiúras diárias, a vida continua acontecendo do lado de fora da janela. Descobri isso quando passei a trabalhar no escritório em casa. Numa certa manhã abri a janela do meu quarto e fui surpreendida por uma cena: o ninho de tico-tico estava acordando para o mundão justamente naquele momento.

Vi o salto. Com cuidado o filhote arriscou pequenos pulos e sentiu a grama macia pela primeira vez. Um pequeno tropeço fez o corpo redondo cambalear. Na sequência emergiu mais um filhote com a supervisão atenta dos pais. Pulou para a grama e, com o peito estufado, arriscou saltos mais altos e distâncias maiores. Poderia haver traços de personalidade já nos primeiros passos? O terceiro logo sairia do ninho e os pais se dividiriam, assessorando um e outro, ensinando esconderijos entre as plantas e tentando proteger e controlar os arroubos entusiastas dos três exploradores.

Naquela manhã não trabalhei. Fiquei entre a janela do quarto e o jardim, descobrindo o que acontecia pela minha casa enquanto eu costumava enfrentar o trânsito para chegar ao escritório.

Às vezes faz bem descobrir o que acontece do lado de lá da rotina e resgatar o que é bom para o lado de cá. A beleza está tão perto que esquecemos de festejá-la.

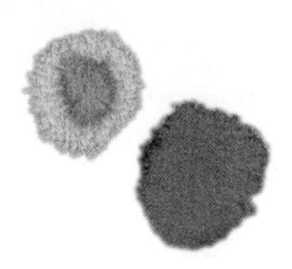

bandido ou mocinho

Descobri num dia difícil que os pensamentos e os sentimentos são bandidos ou mocinhos que criamos, assim como os do cinema ou da literatura. E são bem poderosos. Dependendo da força que emprestamos a eles, podem até mesmo ganhar autonomia para agir.

Aprendi isso depois de um dia cansativo de trabalho, ao ver a minha raiva atropelar o pé de uma moça que fazia compras no supermercado. Andava com meu carrinho. Frutas, verduras e a cara amarrada. Queijos, frios e bufava com desgosto. Iogurtes, leite e a falta de vontade. Dirigia o carrinho de compras perto da prateleira de ovos com a maestria dos que ingressam na autoescola.

Estava chateada com a agressividade e a violência. Amigos haviam sido assaltados perto da minha casa.

Mais do que perder seus bens, tomaram um susto tremendo, viram suas coisas sendo reviradas sem licença, sentiram-se ameaçados, perderam a intimidade com a paz. Aquilo me aborreceu muito. Também me senti roubada. Roubaram a minha sensação de segurança e o prazer de entrar e sair de casa despreocupada. Roubaram o direito à cidadania e ao respeito.

Envolvida naquele turbilhão de pensamentos aborrecidos, de mau-humor com quem passeava no mercado, eis que aconteceu: um pé desavisado parou na esquina do balcão de laticínios. Era uma moça que esperava o marido. A fúria do meu carrinho de compras atropelou o seu pé. A moça fez um *ai* doído e o seu *ai* murchou minha raiva.

Ironia. Enquanto pensava em exterminar e me livrar da violência, minha raiva agredia uma moça que estava de bem com a vida, logo ali, na esquina do balcão de laticínios.

Desculpei-me, mas fiquei chateada. Na saída do supermercado, reconheci o pé que estava no caixa ao lado... era a vítima do meu carrinho. Eu já estava passando minhas compras no caixa, mas parei o que estava fazendo e fui até a seção de flores. Escolhi uma rosa vermelha. Precisava matar definitivamente a raiva, retomar o controle da história e exercer o papel da protagonista que gostaria de ser. Meio sem jeito, ofereci o meu presente. A moça ficou surpresa. Disse que mal se lembrava do pé atropelado e retribuiu com um abraço comprido. Trocamos telefones.

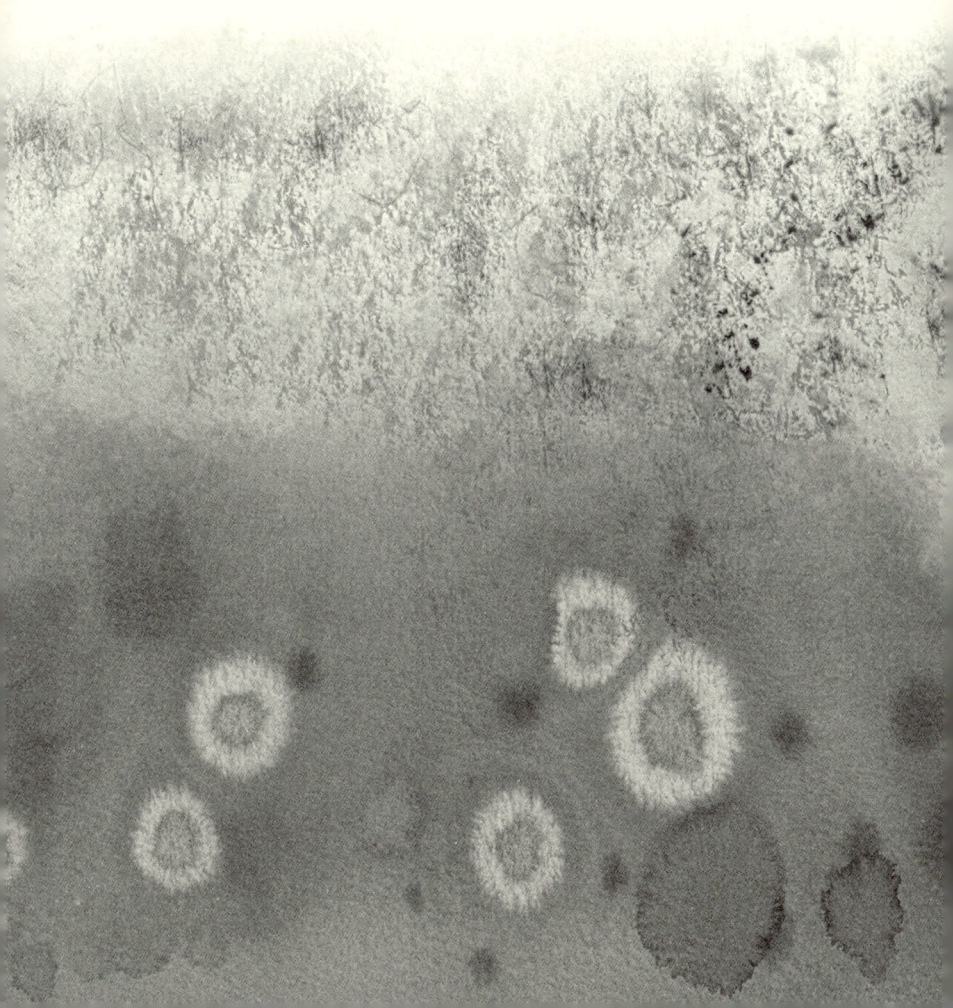

encontro de despedida

A menina viu o caixão e ficou chocada. Foi o seu primeiro encontro com a morte. Nunca tinha visto um morto. Muito menos um morto que tivesse algum significado para ela. Já sabia que ele tinha morrido, mas ver de verdade era totalmente diferente de ouvir alguém contar.

Chegou mais perto e o soluço foi mais alto do que pretendia. A imagem do grande homem que existia no seu coração não combinava nada com aquilo, com o corpo sem movimento deitado por alguém na caixa de madeira. Então a morte era isso?

A menina pensou em se afastar porque o soluço não parou rápido, mas o homem grande olhou para ela. Ele estava mais moço e fez uma cara marota de reprovação e consolo ao mesmo tempo, como quem pergunta:

— Vai chorar? Que história é essa? Não chora, estou aqui, né?

A menina guardou para sempre aquele último olhar maroto no coração e descobriu que a vida e a morte estão ligadas por um fio invisível.

É como se a vida fosse um rio que uma hora verte sua história em outras águas. E todas as buscas sobre o porquê da morte acabam também levando às questões sobre o sentido da vida.

Será que ela viu mesmo o homem ou será que ela acha que viu? Nem ela sabe bem e isso nem mesmo importa. O que importou para ela foi pensar no fio, o fio de cada vida, fio que leva e traz. Será que os fios da vida dos dois um dia os conduziriam para um mesmo lugar, para um novo encontro da menina com o grande homem?

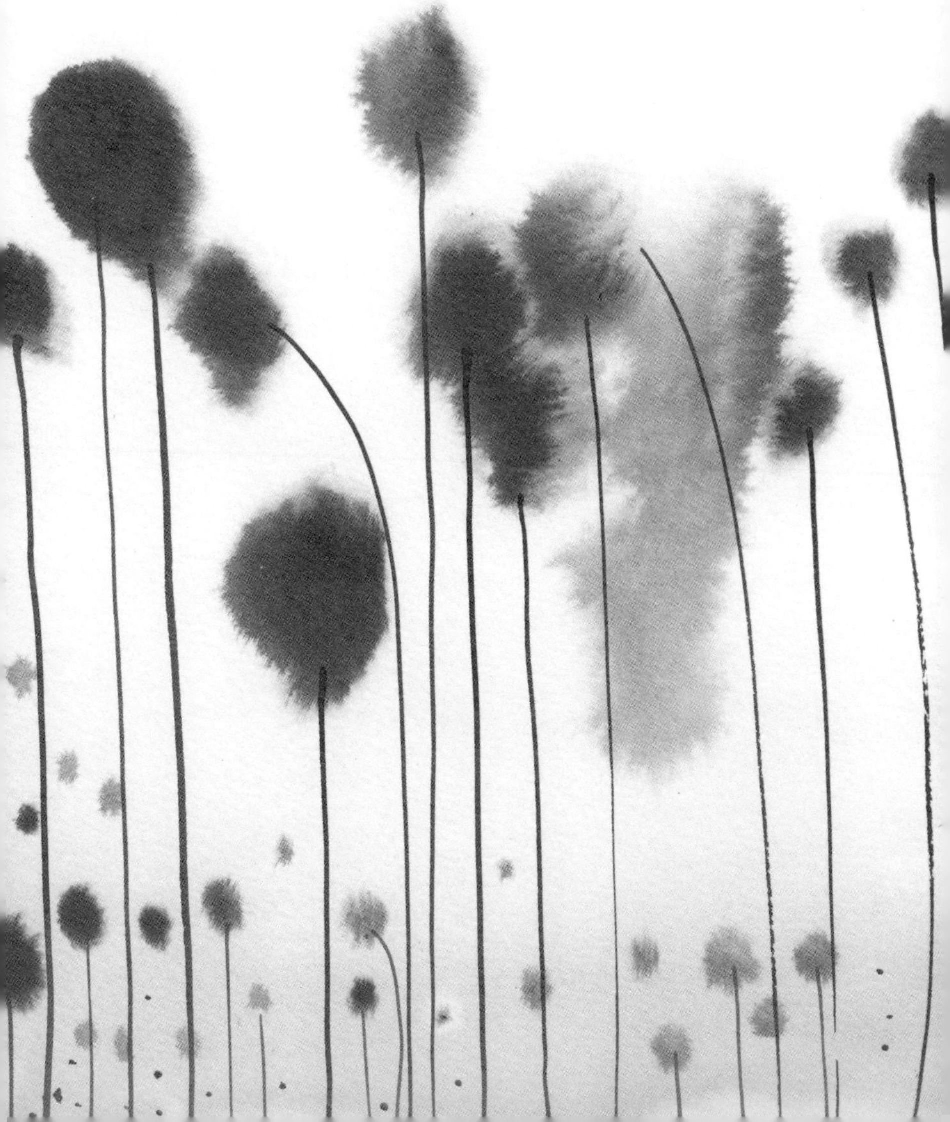

histórias de confeitaria

Lembro da história trágica de um bolo de banana da minha adolescência. Minha mãe estava com a fôrma já pronta a caminho do forno pré-aquecido, quando o fundo da fôrma se desprendeu da lateral. Só nos restou assistir à cena da massa se esvaindo pelo fundo traiçoeiro. Vi a massa espatifada no chão e olhei minha mãe com uma dose considerável de desapontamento. Ela olhou a mancha no chão, lamentou e decretou: vou fazer de novo! Um tempo depois éramos desviadas de qualquer frustração pelo cheiro quente das bananas carameladas acenando do forno.

Em outra ocasião, uma professora contava na faculdade sobre o aniversário da filha e a confecção do bolo de aniversário. Com as aulas na universidade durante o dia e à noite como professora, e os estudos para o seu doutorado, não restava muito tempo para amenidades. Mas o bolo de aniversário da menina de seis anos era prioritário. A garota merecia ter uma experiência culinária e se aventurar na tentativa de abrir ovos e fazer coisas complicadas como separar a gema da clara. Espalhou também pela pia a farinha e experimentou o açúcar e o chocolate, com direito a lamber o dedo mergulhado na massa antes da mistura virar bolo. A mãe deixou de corrigir umas tantas provas de alunos por causa da aventura gastronômica, mas conta que não se arrependeu. Desde então, a moça, agora completando os 15 anos, faz uma associação inseparável entre bolo de chocolate e afeto.

Lá em Minas, num café da manhã, parecia magia a entrada dos bolos que saíam pela porta da cozinha. Chegavam à mesa, fugidos do forno, ainda quentes. As especialidades eram o bolo de milho e o de chocolate – nada de bolo de caixinha, eram bolos feitos com ingredientes de verdade – fofos, com cobertura e o vapor subia às alturas de narizes agradecidos, feito imagem de desenho animado. Mas não se tratava de magia não. A Cida estava na cozinha desde cedo com a batedeira nas massas. E logo na sequência aprontava também um pão de queijo crocante, que vinha na cestinha de vime como um brinde para iniciar o dia. Cida tinha orgulho de deixar os hóspedes do hotel finalizarem suas férias, levando no paladar a memória de suas mãos generosas de cozinheira.

A magia, às vezes, dá bastante trabalho para acontecer. Ela depende da generosidade em deixar uma menina lambuzar a pia com os ingredientes do bolo ou da determinação de começar sempre de novo.

nas asas da julinha

A joaninha pousou em um dedo distraído e ganhou o sorriso do menino. Ele batizou-a Julinha. Julinha era conhecida por dar sorte. Será isso por causa de sua vestimenta *petit-pois* em vermelho e negro ou pelo jeito de surpreender ao pousar em dedos desavisados? O menino levou Julinha para passear, fazendo do dedo um avião. Quando ela decidiu decolar com as próprias asas, precisou despedir-se. Belas asas aquelas, presenteando os ares com seu vermelho enfeitado.

Na mudança de cada ano, Julinhas e meninos descobrem coisas da vida, envolvidos pela brisa amarela que sopra o sol. Os adultos também. Eles sonham com o novo, que vai chegar embrulhado para presente. Será?

Cecília Meireles poetiza: "Que procuras? – Tudo. Que desejas? – Nada. Viajo sozinha com o meu coração.

Não ando perdida, mas desencontrada. Levo o meu rumo na minha mão".

Achar o rumo do novo é trabalho de persistência e flexibilidade, em que os passos precisam combinar com o tamanho dos pés. Alguns passos precisam da leveza das pantufas, outros podem ter a firmeza das botas. Mas para construir o novo todos precisamos andar.

As florestas começam a ter mais chances de se manter vivas, quando o menino aprende a amar uma joaninha. Simples, pequeno e complexo assim.

Mas ao buscar o novo, não se sabe onde começa o fio da meada. E a lã é assim enrolada mesmo, só que é preciso começar de algum lugar. Onde fica esse lugar? Lembro-me das anotações de necessidades, propósitos e direções que fiz em janeiro do ano passado. Nem todas foram cumpridas, nem todas foram largadas. Mas Julinha me fez lembrar onde eu encontro o fio da meada para o ano que começa: numa primeira decolagem!

Se ninguém começar, como vamos concluir? Se eu não acreditar no pouco, quem vai agir?

Não há dúvidas de que para o menino a novidade daquele dia foi a visita de Julinha e para Julinha a novidade do dia foi o passeio de avião. Para mim, a novidade foi o encontro do fio da meada.

Voe, joaninha! Pouse em outros dedos para que eles descubram o sorriso e faça-os perceber em que o novo pode começar assim pequeno... do tamanho das asas de uma Julinha.

peixe fora d'água

A chuva cai pesada. Penso nos rios engrossando, na terra sedenta absorvendo a água, nas plantas – embaçadas pela poeira – ganhando viço e cor. Imagino a piscina enchendo, e o barulho grosso de cada pingo tira a vontade de dormir porque quero escutar o som.

Quando pequena eu gostava de uma música que falava da chuva, agora não me lembro mais. No trabalho, quando chovia, todos reclamavam. Talvez por não terem nada melhor a comentar, sentindo-se presos no elevador com o colega de departamento. Eu achava lindo. Sentia-me mais limpa na cidade cinza e poluída, sentia-me mais leve, como se parte da poeira da minha vida pudesse ser lavada pelo simples fato de a chuva cair.

Quando vi a primeira neve, tive uma sensação de magia – como a pomba que saía da cartola nos desenhos animados ou a doçura do *marzipan* que comprava nos mercados alemães.

O rio ganhando volume... Pensei de novo no rio e lembrei-me da menina, a pequena menina. Fascinada, ela olhava o peixinho nadando dentro do saco plástico. Ele era pequeno, a menina também. Andava ainda um pouco desequilibrada em cima dos sapatos. O peixe nadava afoito no saco plástico.

O presente que foi dado pela professora no dia das crianças parecia o fim do rio, o fim do mar, o fim da água grande, o fim da esperança. A esperança do peixe talvez estivesse no sonho. No som da próxima chuva. Será que ele sobreviveria até a próxima chuva para dividir comigo os pensamentos sobre o rio caudaloso e sonhar com a volta? Que pai sairia desabalado da escola em busca de um aquário, de comida para peixe, de instruções de como cuidar do bicho?

O encantamento da água que cai também depende do peixe que nada, do rio com vida e dos sons da terra que tem sede. A chuva é bonita não só porque ela cai água, mas por todas as suas consequências.

Será que a menina pequena vai aprender a amar a chuva ou vai resmungar no próximo elevador?

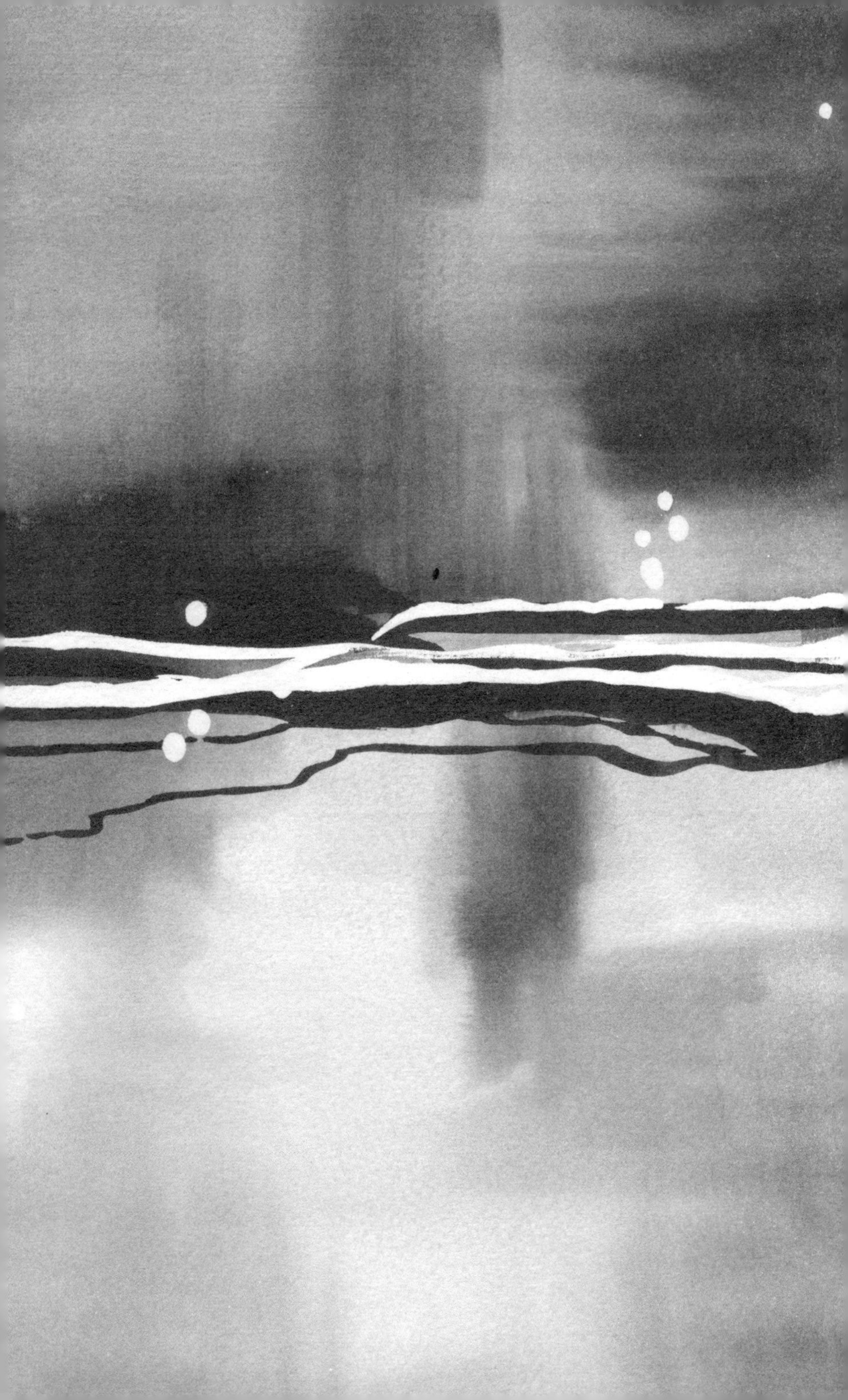

agenda sentimental

Lembro que, quando criança, ganhei um dia de presente. Um dia que meu pai escolheu para ser meu. Ele empacotou uma porção de paciências e me levou a um parque de diversões, daqueles barulhentos que ficam dentro de um Shopping. Passou a tarde comigo, esperando que eu brincasse em trens que atravessavam túneis e montanhas, em carrinhos bate-bate e em aviões voadores. Comi todo o algodão-doce que quis e ainda pude escolher um disco para levar para casa e não deixar mais ninguém em paz com aquela música dia e noite. Foi um dia especial!

Ando preocupada com os dias especiais. Muitos deles têm hoje preço e data na agenda. É o que diz o calendário, o comércio e os queixosos que não queriam estar no shopping e nem mesmo nas festinhas familiares, mas sentem um suor no corpo, uma pressão moral. Já pressentem o telefonema recriminador da irmã mais velha ao cair da tarde.

Algumas histórias explicam o nascimento de certas datas comemorativas como é o caso do Dia das Mães, criado por uma moça de boas intenções. Contam jornais da década de 1970 que Anna Jarvis tinha uma ligação forte com a mãe e, quando ela morreu, batalhou para que todas as mães fossem homenageadas em um dia especial. Ela conseguiu instituir a data, mas acabou desiludida porque viu seu dia de sentimentos se transformar em um dia de compras.

É possível que para alguns, coração e data pulsem no mesmo ritmo, mas outros têm histórias nem sempre agradáveis com os dias especiais obrigatórios. Pode ser um dia dos namorados sem amor, um dia das crianças sem brinquedo ou um dia das mães com tristeza.

Para esses últimos repete-se a pergunta: será que funciona condicionar os sentimentos a um único dia marcado, como se existisse no lugar do coração uma agenda sentimental?

Desejando que os dias especiais voluntários se proliferem, guardo com cuidado a memória do algodão-doce e de tantas outras delícias vividas em dias sem relevância mundial, dias só meus, sem data marcada.

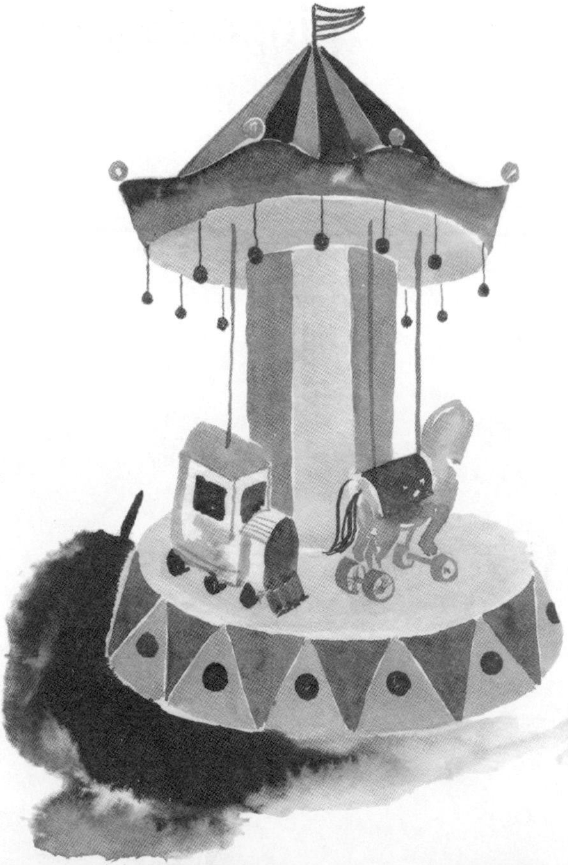

pingo de gente

Pingou o pingo da chuva, do chuveiro e do choro. A menina chorava por algum motivo especial, mas ninguém entendia a sua dor. A dor parecia tão pequenina aos olhos dos adultos: eles estavam sem microscópios, sem binóculos, sem lentes de aumento. Eles não podiam ver. A menina ficou por ali com seu pingo de tristeza, sozinha.

Dizem que é bom chorar na chuva porque assim ninguém percebe. Mas melhor mesmo é ter alguém por perto para ajudar a secar um pedacinho da tristeza. E a arte de secar a tristeza é um grande malabarismo.

Foi mais ou menos isso o que contava outro dia um médico. Ele dizia que é possível diminuir a dor, mas não aludia a remédios de última geração. Falava de palavras. Contava que, com o tempo, foi entendendo melhor os pacientes e percebendo que cada pessoa precisa de uma palavra diferente. Em geral, os mais jovens precisam ouvir que não vão morrer e os mais velhos precisam entender que a sua dignidade será respeitada. Para cada paciente existe a palavra certa que pode tranquilizar e diminuir o tamanho da dor.

Grande essa arte de curar dores que os remédios não conhecem! Mas, e as dores do corpo? Também essas têm muitos mistérios, mas parecem providas de lógica mais visível. E não é que são até necessárias? Funcionam como um alarme do corpo, um pedido de socorro e de proteção. É como o grito de um dedo que precisa ser afastado do calor porque está sendo queimado. Assim como tudo tem mais de um lado, a dor que é ruim, de repente, é boa.

E pensando em dois lados lembrei de uma cicatriz que tenho desde que quebrei o braço. Enquanto as dores físicas deixam aqui e ali suas marcas, as tristezas também marcam aqui e acolá uma ruga. E o acúmulo de marcas, que às vezes assustam um pouco quando refletidas no espelho, não é uma coisa à toa não. Dizem por aí que os mais velhos são mais compreensivos e generosos. Tudo culpa da coleção de cicatrizes vividas pelo mundão afora. Acontece que as dores e tristezas podem deixar uma boa herança:

lentes, microscópios e binóculos para enxergar a tristeza dos outros.

Talvez o maior ensinamento que as mais diversas marcas possam trazer para a vida seja o respeito pela dor alheia. Afinal, ninguém viveu todas as dores e tristezas do mundo para poder avaliar o tamanho da dor do outro. E sabendo disso, começa a nascer a compreensão e a generosidade, como se as marcas pudessem sussurrar coisas que não se aprendem na escola.

Pingou o pingo da chuva, do chuveiro e do choro. A menina não sabia explicar o motivo certo da sua dor: existia uma dor de solidão no coração, mas ela disse que a dor era no ouvido. Foi então que alguém pôde secar o seu pingo de tristeza. A menina encontrou uma professora que entendia dessas dores. Ganhou um remédio de faz de conta, foi embalada num abraço e sarou. Grande essa arte de curar dores que os remédios não conhecem, não é mesmo?

amiga vida

Passamos pela vida carregando lembranças fortes de pessoas, amigos, sorrisos e rostos que encontramos pelo caminho. Incrível como pequenos gestos podem ficar guardados como preciosidades, simbolizando um momento que mereceu reflexão, que significou abrigo ou traduziu virtudes.

Podemos ser amigos do pequeno universo do qual fazemos parte preservando e enriquecendo o que há de bom nele. Podemos ser amigos e admiradores incuráveis das pessoas, do nosso pedaço de chão, do rio vizinho, do ar, das árvores e dos animais. Não falo aqui apenas da romântica admiração platônica da aluna pelo professor, mas também da admiração daquele que ama e luta pela vida ou morte de um bicho agonizante.

Nas amizades que formamos, algumas tão naturais e inesperadas que nem parecem escolha e outras fortemente cultivadas da semente à fruta, somos atuantes.

Que lembranças deixaremos no chão que pisamos? Que rastros terão o rio, nosso vizinho, quando morrermos? Que marca deixaremos no coração dos bichos e das gentes que cruzam nossas vidas?

Ligamos o botão *automático* e saímos de casa já sabendo que mais uma vez enfrentaremos o trânsito que margeia o rio. Rio que poderia ser provedor de água para tanta gente... mas está morto e podre. O rio, espelho do movimento da vida, da transparência da cidade, retrato da alma. É como um círculo vicioso: o rio doente é parte da cidade que ele reflete e a cidade reproduz corações duros que já não enxergam mais um rio sem água.

Entre os amigos que fazemos, amigo rio, amigo gente ou amigo bicho, destacam-se os valores que povoam a ideia da amizade. Confiança, compreensão, acolhimento, admiração, sinceridade... e talvez, como virtude máxima, o desejo de não machucar ou decepcionar o ser amado, querendo apresentar apenas o que se tem de melhor, querendo mesmo ser melhor.

Algumas cenas desde a do homem jogando o papel do sorvete no rio até a do bicho recém-atropelado, agonizando sem socorro, suscitam profundamente a seguinte reflexão: por que não nos tornamos mais amigos do rio... do bicho... da vida?

espiando pela fresta

Quantas vezes ao chegar em casa, cansada do trabalho ou animada com alguma perspectiva, insegura com o mundo ou cheia de esperança, escuto os passos do Guilherme vindo em minha direção... o riso brincante se esticando até o olhar sem disfarce. Basta o barulho da porta do elevador se abrindo, e eu já posso quase vê-lo, porque a voz, a atmosfera e os movimentos todos chegam antes mesmo dele. É como se ele estivesse atento ali pela sua sala e pudesse pressentir minha chegada.

Não tivemos muito contato, mas os poucos momentos juntos foram marcantes. Sem a intenção, ele me fez ter a sensação de pertencer a um conjunto, uma sensação quase de proteção e de unidade. Algo solidário, simpático e até divertido.

Dizem, porém, que o que é bom não é para sempre. E foi num destes dias que ouvi a outra voz.

Voz que se adiantou como pôde, quase não chegando a tempo: "Não, Guilherme!". Pude ainda ouvir o Guilherme ficando na pontinha dos pés, as mãos pequenas alcançando as chaves, mas a voz mais forte o intimidou, e naquele dia... não nos encontramos. Aquilo aconteceu outras vezes. Senti um misto de completa compreensão e uma pitada de decepção.

Sim, se fosse meu filho, certamente eu faria o mesmo. Também considero isso educação. Afinal, ir olhar o morador do apartamento vizinho, a cada vez que ele entra ou sai de casa, parece invasão de privacidade ou mesmo uma curiosidade desmedida. Mas, será? Fiquei me questionando até que ponto educamos e até que ponto moldamos uma pessoa a ser comedida e pouco espontânea. Até que ponto os comportamentos são socialmente corretos ou não e onde ficam todas essas regras armazenadas...

Assumimos todas elas como verdade absoluta: quando aparece alguém em tal situação, julgamos que temos de fazer isso. Se alguém fala aquilo, fingimos que não discordamos para sermos gentis. E tudo isso vai criando uma gigantesca massa anônima de presidiários dentro de si mesmos.

É claro que a mãe do Guilherme não é a grande vilã do mundo. Mas os dois me fizeram pensar... A minha porta se abre, a porta dele também. Nos encontramos frente a frente no minúsculo hall do elevador, que serve nossos apartamentos. Ele sorri escancarado e maroto.

É bom descobrir vez ou outra, despretensiosamente, que o anonimato da grande cidade ainda guarda Guilhermes. Guilhermes crianças, moços, adultos ou velhos nos mais surpreendentes becos do dia. Ainda que poucos, eles deixam suas marcas...

Sabe, Guilherme, acho que amanhã vou me espelhar em você e sorrir um pouco mais para a pessoa que eu encontrar no elevador. E não vou sentir medo ou pressa ou indiferença e serei mais curiosa. Vou ter curiosidade suficiente para querer saber quem é aquela pessoa que mora bem ao meu lado e que cara ela tem...

Ah, Guilherme, como eu gostaria de conhecer mais pessoas como você! Mal imagina a sua mãe... Mal sabe ela que os seus passos apressados e seu sorriso ultrapassam as paredes do apartamento... e que a sua *espiadinha* diária faria o final do meu dia mais engraçado e acolhedor.

vermelho de um dia

Quando eu era pequena existia na jardineira do terraço de casa uma planta que dava flores na primavera. As flores duravam apenas um dia. Não era fácil definir a cor delas. Por fora pareciam vermelhas e por dentro tinham diversos tons de pink ou maravilha, como até hoje vi em poucas flores. Além disso, dentro de cada flor nasciam diversos pistilos e, em suas pontas, minúsculas flores marfim em forma de estrela. As pétalas eram muito finas e sedosas, se sobrepondo umas às outras. Eram flores de cactos. Já prestou atenção nos cactos? Às vezes têm espinhos e não parecem muito amigáveis, mas reservam surpresas. Muitas espécies florescem em cores fortes e pétalas muito delicadas, fazendo o contraste com a aspereza da planta.

A vida é um cacto e, como bom exemplar da espécime, carrega fortes contrastes. Amor e indiferença, calma e loucura, nascimento e dor, algodão e martelo.

A vida mistura o esplendor com a despedida: brinca de vir sem ficar, finaliza antes de começar. Há pessoas que têm a vida curta como a flor do cacto. Nascer, encantar e partir. Outros vivem quase um centenário.

Mesmo uma vida sendo curta, ela pode trazer para os que estão em volta um combinado de esperanças e cores que valem por muitos anos. Não sei imaginar como se sentem os que vão, mas já pude ver e sentir uma parcela da dor dos que ficam.

Começo e partida, e me lembro de uma cena do filme francês *Armênia*. Anna deixa Paris e vai procurar o pai doente que fugiu para sua terra natal, a Armênia. Depois de uma busca cheia de imprevistos, a moça o encontra. Na conversa, Anna pergunta ao pai se ele sente falta dos amigos e conhecidos, agora distantes. Ele diz que sim, mas explica que viver bem não é sentir falta de quem está longe, mas sim ter amor por aqueles que estão por perto.

Ainda criança, no fim do dia, voltava até a jardineira do terraço. A flor se despedia. As pétalas se fechavam já desmaiadas. Será que valeu a pena tanto trabalho de crescer e abrir? Acho que sim. Ninguém esquece o deslumbramento das coisas que tocam fundo o coração, mesmo que seja por um único dia.

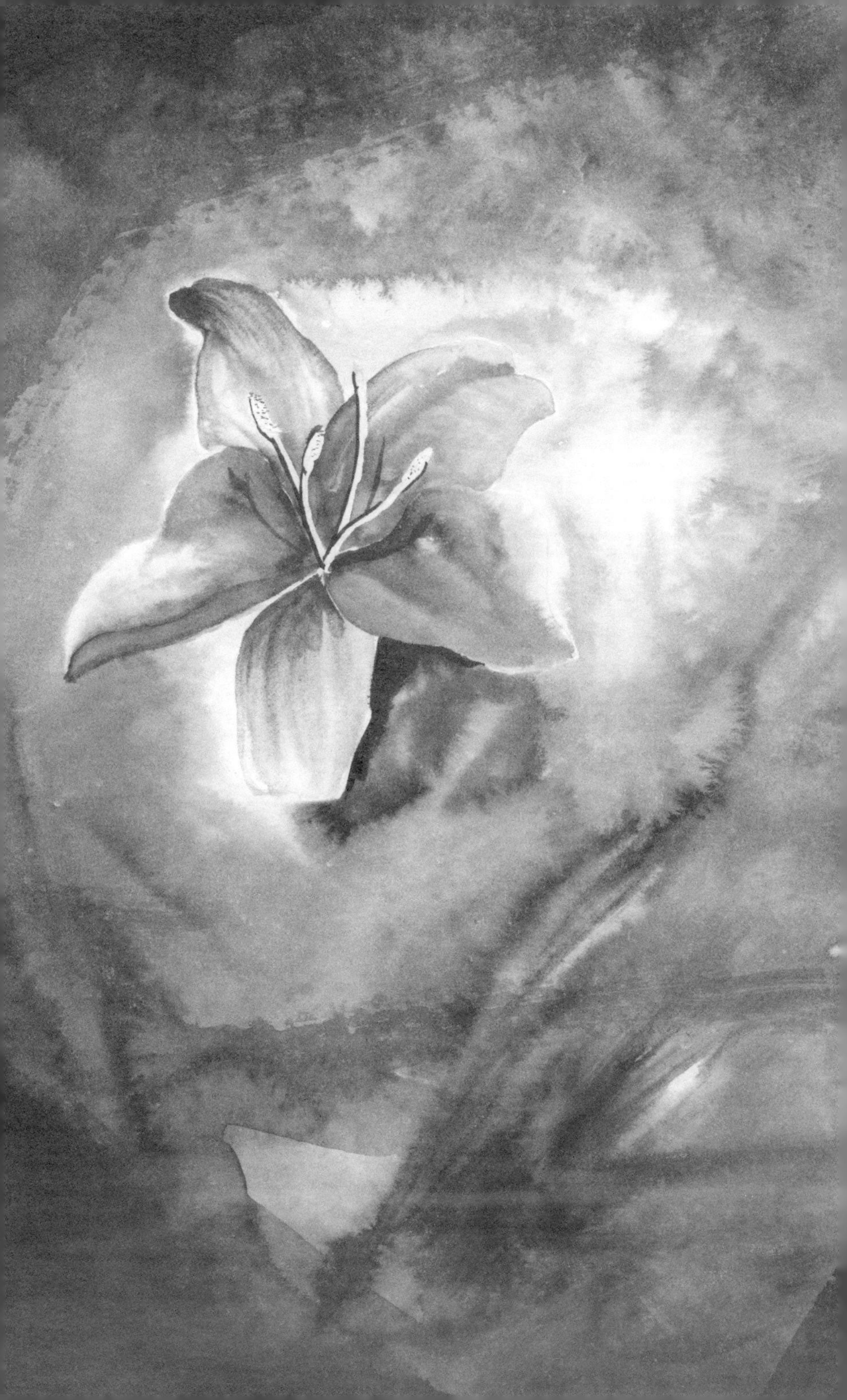

feito à mão

Ganhei. Veio embrulhado em papel de seda e guardado dentro de uma sacola estampada, tudo em tons combinados. Abri curiosa. Sabia do que se tratava. Era uma encomenda. Mais do que isso, da seda nascia um presente.

Levou mais de quinze dias para ser confeccionado. Tudo começou quando contei que queria fazer a encomenda. Mal sabia eu que naquele momento o presente já começava a ser tecido na oficina da imaginação. Foi nessa oficina que os materiais, as formas e os acessórios começaram a ser idealizados. Quinze dias se seguiram preenchidos pelo trabalho. No começo, cada pecinha e cada bordado eram planejados, enquanto a bainha era costurada, ponto a ponto, feita à mão.

O projeto foi ensaiado e ganhou forma. O tempo entre um bordado e outro era bem-vindo; trazia inspiração, conduzia a pontos certeiros. A echarpe ganhou miniflores coloridas, montadas em conjunto com pequenas miçangas e linhas nos mesmos tons. Tudo escolhido pessoalmente, feito à mão, a duas mãos. O trabalho foi finalizado com uma fita em tom cintilante. O embrulho chegou a mim, envolvido por magia.

Acho que essa magia traz sorte. Já vi outros presentes que carregavam magia. Por um longo tempo, outra amiga contava sobre um xale que fazia, também para presente. Ponto a ponto o trabalho crescia e ela ia pensando quais seriam os detalhes que fariam daquele um presente único. Bordou, então, com a mesma lã marfim do xale, pequenas rosas cuidadosamente aplicadas. O acabamento foi estudado, pensado, e ela escolheu costurar pequenas estrelas de cristal na peça. Conheci a obra no dia da entrega. O xale era mesmo único e estava impregnado de uma coisa que não tem nome certo, mas é quase palpável, abrigo de bons sentimentos.

Fiquei pensando: o que seria do mundo se não tivéssemos mais mulheres para escolher a cor certa de uma fita cintilante e para bordar uma flor exclusiva para alguém? Percebi que não ando sozinha com meus pensamentos. Uma porção de gente anda torcendo para que o mundo nunca perca a conexão com o aconchego. O aconchego materializado em tantas formas: um colo querido, um bolo perfumado, um ponto feito com arte.

Mais do que tudo, o aconchego que traz magia para a vida dos outros e a ancoragem de qualidades nobres, que até podem ser pouco palpáveis, mas são fundamentais para formar um universo mais humano, mais solidário e mais profundo nas relações com o outro e com a vida.

vazamento de sonhos

Sempre que podia, o menino subia no telhado, deitava e ficava esperando. Ele gostava de olhar os aviões passarem. Imaginava que era um passageiro e pensava na careta que faziam as nuvens para os que invadiam seu pedaço de céu.

O menino cresceu e conheceu os aviões de perto, visitou até outros países. Com tantas viagens para fazer, o menino grande foi se esquecendo do tempo em que via os aviões do telhado. Ele ganhou um monte de preocupações e elas começaram a expulsar todos os sonhos.

Em um sábado livre, ele estava no jardim, quando viu um avião passar. Lembrou-se de seu tempo de meninice e dos sonhos que havia deixado para trás. Percebeu que havia esquecido lá em cima, no telhado da casa dos seus pais, uma porção de coisas: umas alegrias bobas, como a de rodar peão. Esqueceu também a espontaneidade de dizer o que pensava, como elogiar a queijadinha da sua mãe ou reclamar por sentir falta dela.

Lembrou que na época de menino não tinha nenhuma agenda e nenhum cronograma do dia que o obrigassem a ficar triste quando a vida inventava outros planos. Os dias não tinham cabresto.

Pensou se deveria voltar até a casa dos pais e subir no telhado para resgatar seus sonhos. Mas seus pais já haviam mudado de casa e na casa nova devia haver o mesmo buraco de sonhos que descobriu dentro da sua própria casa. Era um buraco por onde estavam vazando coisas importantes.

Como menino grande, ele sabia que os seus poderes eram mais limitados do que os dos super-heróis e que nem todas as pessoas tinham os mesmos sonhos que ele. Às vezes, jeitos diferentes de sonhar acabavam em briga. Ele sabia também o mais complicado: que nem todos os sonhos se realizavam.

O menino grande olhou a sua agenda da semana e percebeu que não tinha marcado nenhum minuto para sonhar. Começou, então, a organizar de forma diferente seus dias e resolveu que ia consertar aquele vazamento de sonhos.

Ele não queria resgatar as ilusões porque era melhor que elas vazassem mesmo, mas ele queria acolher as esperanças porque elas davam vontade de ser melhor.

Para resgatar as esperanças, ele precisava criar um olhar generoso sobre si próprio e sobre a vida. Afinal, se ele e todas as outras gentes deixassem de acreditar nos planos por causa dos que não deram certo, o mundo ficaria deserto.

As árvores morreriam, as crianças não teriam mais educação e as pessoas esqueceriam da bondade, porque o olhar de quem não acredita só consegue ver tragédia, só gosta de reclamar de tudo e não planta broto bom em terra alguma.

O homem dormiu aquela noite sem preocupações. Ele sabia que na agenda do dia seguinte tinha reservado algumas horas para acreditar.

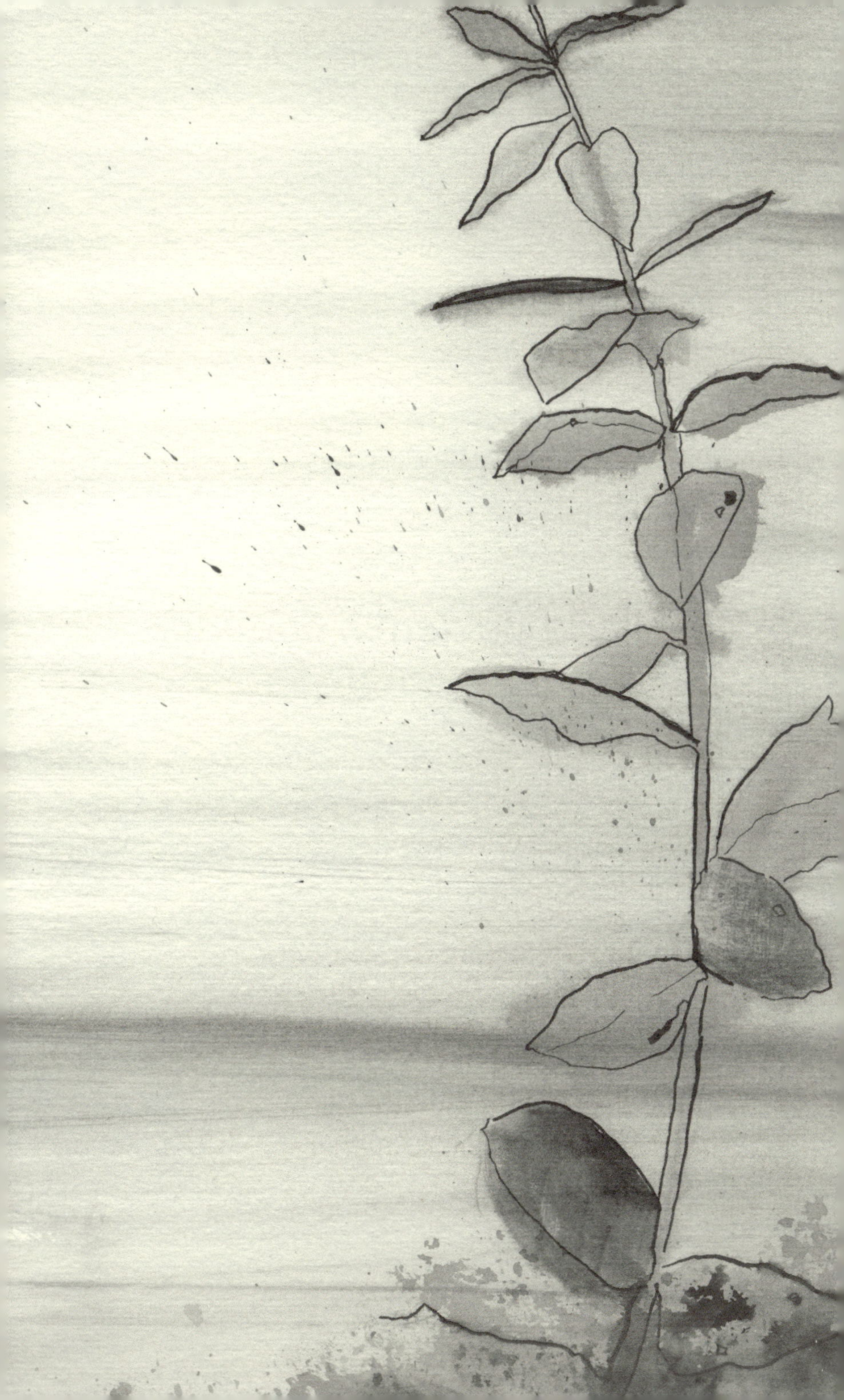

lição de gente pequena

Trinta crianças, que mal completavam os cinco anos, e eu. Num fim de tarde, a professora titular saiu mais cedo e fiquei sozinha com a classe. As minhas tarefas pareciam simples: tirar as crianças da brinquedoteca e levá-las de volta para a sala de aula. Todos vestidos com seus respectivos casacos e mais importante que tudo: eu precisava entregar as crianças certas para os pais correspondentes.

Na brinquedoteca, as negociações corriam relativamente bem para que os carrinhos, bonecas, bolas e jogos fossem guardados nas prateleiras e as fantasias fossem dobradas ou *emboladas* nas caixas.

No auge do corre-corre, querendo fechar o círculo do dia entre a peruca da Branca de Neve e a capa do super-herói, fechei a porta da sala e prendi o dedo de um menino.

Se pudesse usar qualquer recurso de desenho animado e voltar o tempo... mas isso não valia para o mundo de gente grande. O Paulo precisava ser levado à enfermaria da escola, mas eu não podia deixar a sala na hora da saída com alguém que não estivesse familiarizado com os pais. Logo, a professora da sala vizinha veio em socorro.

O Paulo chegou com o dedo gordo de esparadrapo, quando já estávamos de volta à sala de aula. Nesse mesmo momento, pais e mães e tias e babás e motoristas me cercavam na entrada da sala, aguardando suas respectivas crianças serem liberadas. Quando me dei conta, o Paulo também já ia se afastando com a tia, sem que eu tivesse tempo de dar-lhe a atenção merecida.

O garoto foi embora com o dedo enfaixado e eu fiquei sozinha com a minha consciência. Preocupada, liguei no dia seguinte cedo para me desculpar, esperando a reação aborrecida da mãe. Ela logo atendeu, contou que o dedo já estava bem e disse:

— Em geral, quem mais sofre nessas situações são os adultos porque as crianças se recuperam e esquecem rápido, mas demoramos a nos perdoar.

À tarde vejo o Paulo chegar à escola com a mãe. O dedo já carrega menos esparadrapo e as mãos trazem um papel com cuidado. Ele me entrega de presente. É uma colagem muito caprichada feita por ele: um trem vermelho, montado com papel laminado.

sobre chinelos de dedo

À medida que ela abria o saco grande, o olhar ia ficando mais maroto e os movimentos mais rápidos. Abriu um sorriso bem largo. Pensei: devem ser brinquedos. Foi quando ela gritou admirada: "Tem roupinha!". E logo em seguida: "Tem chinelinho!!!". E mostrou para quem quisesse ver, com toda a surpresa que cabia em sua expressão, um par de chinelos usados.

A surpresa do espectador, assistindo àquela reportagem, foi maior do que a da própria garota ao abrir o saco de doações. No dia seguinte, a notícia sobre a enchente e as doações que as famílias haviam recebido já não era mais muito relevante. O que não saía da cabeça dos que tinham assistido àquela reportagem era o tamanho do sorriso da garotinha por causa de um par de chinelos usados.

A menina me fez lembrar que as crianças da escola em que eu trabalhava exigiam dos pais o último tênis da moda como algo elementar. Lembrei também de cenas de crianças no Shopping se jogando no chão porque não conseguiam que os pais comprassem o brinquedo desejado. Mas lembrei mais que tudo que há muito tempo não me encanto com um par de chinelos de dedo, mesmo quando novos.

Quando eu era pequena tive uma grande surpresa e certa desconfiança quando me explicaram que o calor não tinha origem exatamente nas malhas de lã que eu vestia no inverno, mas sim no meu corpo.

A garotinha fez pensar que o encantamento também não está nos objetos ou nas coisas, mas sim dentro de cada um, no valor que atribuímos a eles ou não.

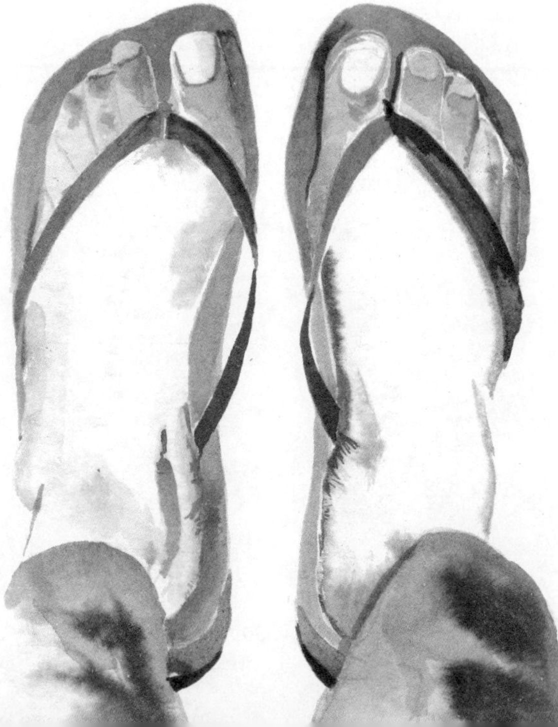

de repente, presente

No meu aniversário de 26 anos ganhei um presente. A minha boneca preferida da infância, esquecida no fundo de algum baú, foi resgatada em silêncio. Recebeu cuidados no hospital, ganhou nova roupa e sobrevida. Voltou para casa embalada para presente, feito coisa inédita. Quando abri, além da surpresa do reencontro, a boneca ainda fazia o mesmo gesto encantado que já não sabia fazer há tempos: ninar o bebê. O presente foi, sem dúvida, mais surpreendente do que qualquer coisa nova. Talvez por ter sido elaborado com açúcar e com afeto, como canta a música.

Além dos presentes elaborados, há também os que acontecem sem aviso. Hoje, quando estava chegando em casa, distraída e já quase entrando pela porta, o movimento das folhas me fizeram olhar para o coqueiro. Lá em cima, coloridos, estavam os três

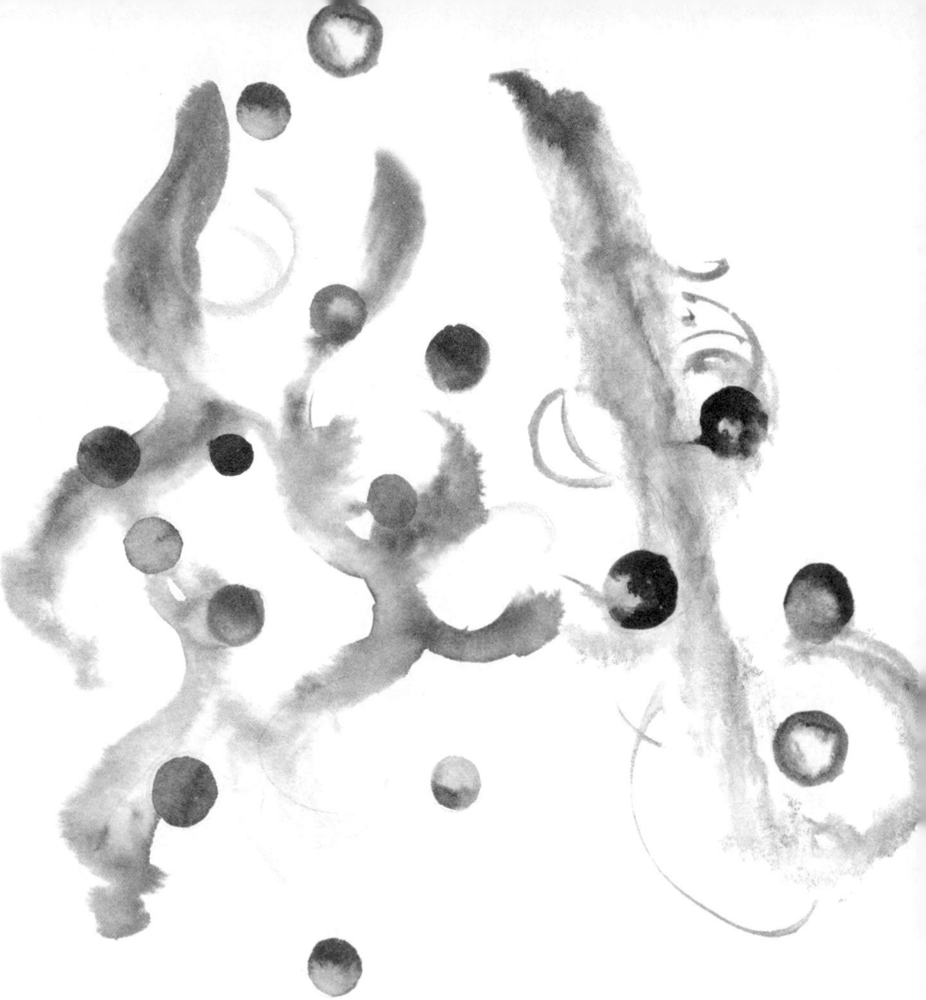

tucanos em postura silenciosa e altiva. Talvez aquela fosse uma postura de alerta por causa do barulho que fiz ao bater o portão. Quando eles resolveram voar, mais uma surpresa: eram quatro e não os três que estavam mais perto da vista. O dia ganhou inspiração.

Tarde dessas a professora de música contava sobre a conversa que teve com o pai de uma aluna. O pai estava empenhado em incentivar o desejo de suas filhas pela música e pedia dicas sobre brinquedos que poderia comprar para presenteá-las. A professora indicou uma coisa inesperada: economizar presentes.

Contou para ele que não teria objeto que significasse mais para as crianças do que ele passar alguns momentos ouvindo música em conjunto, cantando com elas ou escutando-as tocar. Com isso, segredou para o pai que ele próprio, inventando alguns momentos musicais em família, seria o presente mais querido das filhas! O pai foi para casa feliz.

Entender os mistérios dos presentes pode ser mesmo uma arte. Povos antigos viam na sinceridade e na confiança os melhores presentes, e estudiosos acreditam que a reciprocidade era um dos valores que cercava o presentear.

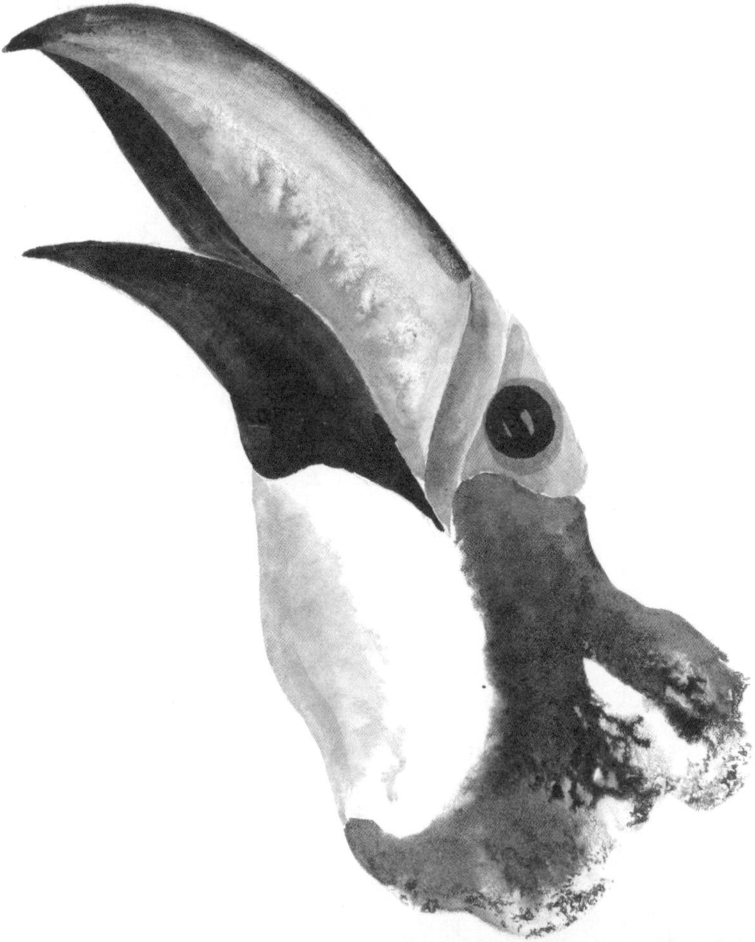

A preocupação em retribuir a hospitalidade era muito forte entre povos vizinhos. Eles recebiam visitantes oferecendo o que tinham de melhor e, mais tarde, fariam também uma visita, sendo recebidos com o mesmo empenho. Quando a professora falava na economia do presente, talvez ela também estivesse falando nesse equilíbrio e bom senso que os povos antigos bem conheciam.

De volta ao jardim, esbarrei outro dia a cabeça em um galho. Olhei para cima e: presente! O galho estava cheio de pitangas maduras.

perdidos e achados

Vendo a cicatriz, lembrei de quantos dias aquele simples ralado demorou para curar. Na tentativa de salvar a minha bolsa de um trombadinha na praia, caí e ralei o joelho na areia.

Depois de perder uma bolsa e ficar absolutamente aborrecida, a primeira coisa a fazer é aprender a ser alguém sem identidade. Na segunda-feira parti para o trabalho com uma nova bolsa... vazia. Tudo o que pensamos em não esquecer antes de sair de casa – identidade, carteira de motorista, documento do carro, agenda – passam a ser totalmente desnecessários. Sair de casa só com a chave do carro causa um sentimento irônico de felicidade, leveza e anonimato. Mas essa sensação dura muito pouco porque o anonimato não é bem-visto na resolução das diversas burocracias cotidianas.

Um assalto nunca acaba rápido, mesmo que dure segundos. Cancelar cartões e sustar cheques, bloquear a linha do celular, fazer o Boletim de Ocorrência, tirar as fotos e perder horas de trabalho para fazer a carteira de motorista, o novo RG, o CPF... Uma infinidade de castigos. A cada nova fila, a lembrança é renovada.

Enquanto estava aborrecida e ocupada com as perdas, tentando recuperar os papéis que me garantiam status de cidadã, ignorei meu joelho, que ficou dias e dias ralado sem atenção. Era como se o joelho fosse a menor partícula entre todas as chaves, anotações, bilhetes, agendas e memórias afetivas e particulares que eu não teria como recuperar.

Mas as coisas mudaram um pouco quando dei uma brecha na irritação e lembrei que apesar de haver coisas muito aborrecidas para se viver, eu tinha ainda outras felicidades para cuidar. Foi aí que consegui lembrar que tinha um joelho precisando de uma pomada. Depois de bem poucos dias, a ferida fechou.

Às vezes uma pomada faz milagres, mas a gente só consegue achá-la na caixa de primeiros socorros quando os olhos enxergam a sua importância. Percebem o que ainda se tem e esquecem, por um tempo, de olhar o que foi perdido.

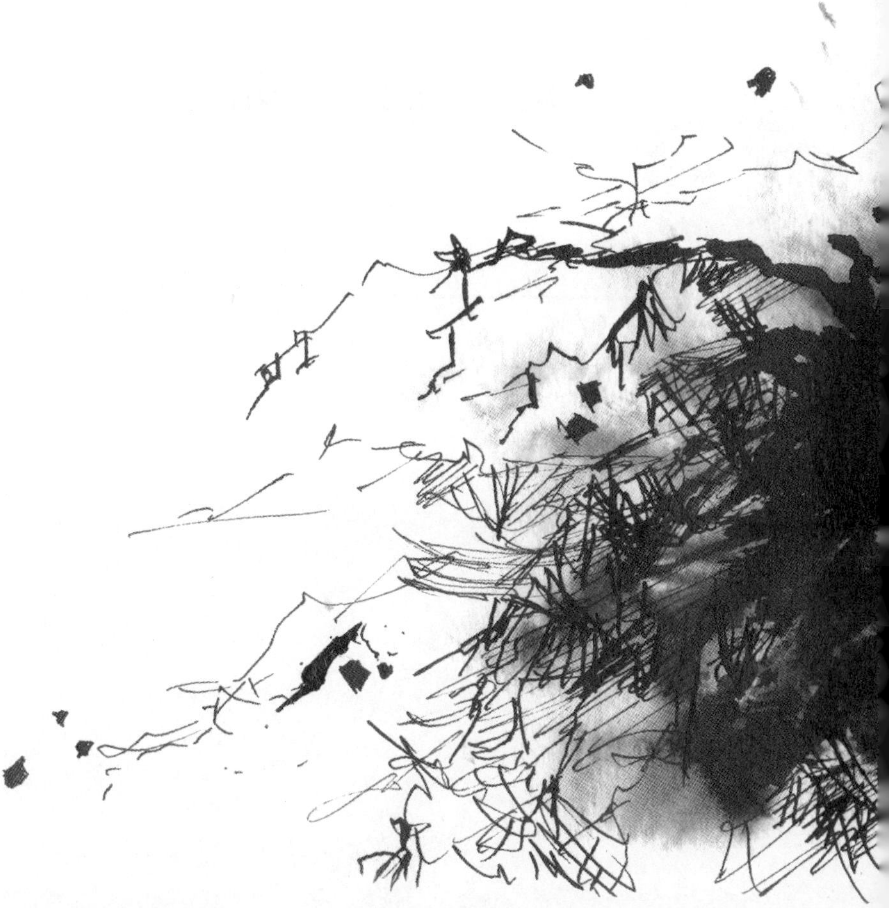

balanço do dia

Enquanto não consigo escrever, sonho com uma pousada que visitei no meio do nada, no sul de Minas Gerais. Mas por que será que essa pousada seria a salvação das palavras? Será que poetas imortais já se deitaram naquelas camas ou beberam aquele café?

Um beija-flor senta em um galho frágil do arbusto na frente da janela do meu escritório. Será que ele se preocupa com a chegada da inspiração, pinga suor entre uma sugada e outra de doçura? Provavelmente não. Ele só descansa quando está cansado e não precisa administrar desejos impossíveis, a sociedade violenta ou um cérebro rebelde que quer desviá-lo das atividades propostas pelo balanço do dia.

Aqui no nosso jardim não há caçadores de beija-flor e a cada esquina tentamos plantar espécies de flores que tragam alimento para que eles não se afastem e possam manter seu voo energizado em dia. Ele continua sentado enquanto os trovões esbravejam e a natureza dança a sua música de chuva vindoura.

Um relâmpago clareia o céu em frente e volto a pensar na conversa que tive há pouco com amigas sobre foco, concentração, realização, inspiração... Será que é o lugar que traz isso ou será que nós é que levamos toda essa bagagem para o cotidiano em que estamos? Considerando que as condições básicas existam, provavelmente a segunda opção é a acertada.

O beija-flor permanece meu companheiro de reflexão. Abro a tela que protege o escritório dos insetos indesejáveis para vê-lo fora do universo de micropartículas quadradas. O balanço trovejante quer levar as anotações da minha mesa, mas não o beija-flor. Ele permanece tranquilo no galhinho fino e leve, não mais sólido do que o necessário para carregar a sua frágil estrutura, embrulhada em penas verdes. De que mais ele precisa? E de que mais eu preciso se tenho um beija-flor a acompanhar meu teclado?

Será que precisamos fugir ou será que precisamos conquistar um lugar interno para a realização? Talvez falte abrir mais o olhar para o beija-flor: ele insiste em

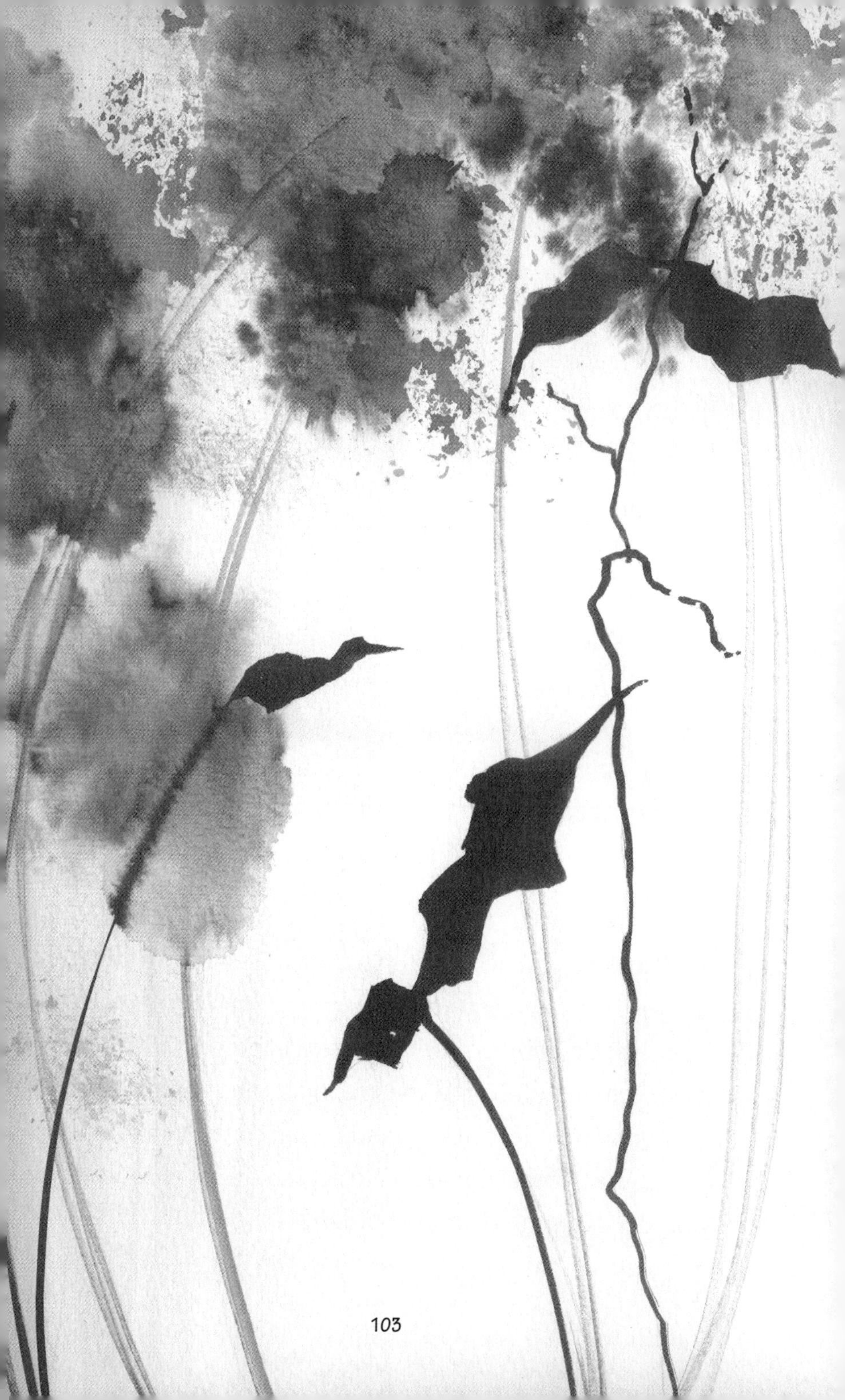

secar as asas no pequeno galho, mesmo prevendo a chuva, e não enjoa de dançar a música que o vento imprime ao arbusto. Em situações difíceis, como quando um deles ficou preso no depósito de ferramentas sem conseguir sair, não havia o que abalasse a sua persistência em achar o caminho para a flor e só se rendeu quando já beirava o desmaio.

Minha vida também tem música e o cotidiano tem balanço. É através da persistência e dos ajustes que entendemos melhor o ritmo disso tudo. Até que ponto exigimos do mundo condições imaginárias para as mais diversas realizações? Até que ponto vivemos efetivamente a vida real com apreço em vez de sonhar com a vida imaginária que a fantasia e as propagandas nos induzem a buscar?

Minha pequena fonte de inspiração levanta voo e segue a beijar as minúsculas flores azuis do arbusto. Eu também ganho esperanças para levantar o voo. Muitos levantam. É preciso se arriscar, mas antes disso se munir de coragem, de persistência e de uma pitada de disciplina. Talvez a mesma disciplina simples do beija-flor, que descansa quando a canseira abate, busca com afinco a flor para aplacar a fome e deixa o corpo ir no ritmo da música do dia.

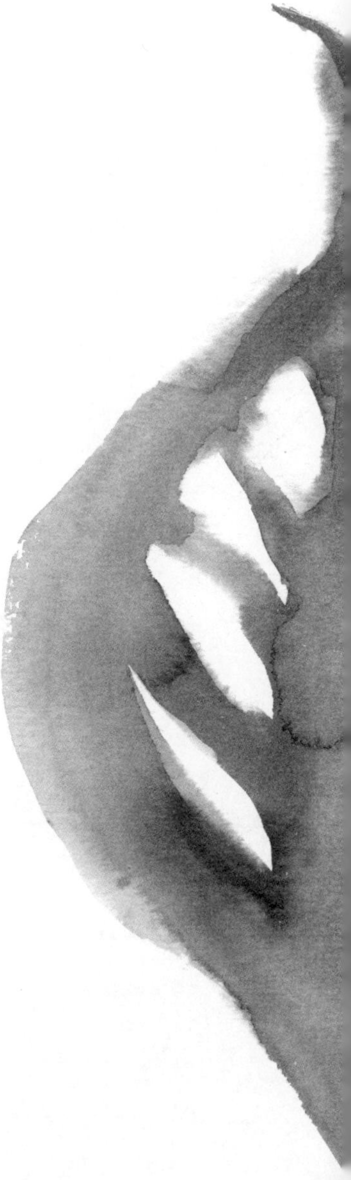

natal com gardênias

O perfume da gardênia trazido pelo vento entra sorrateiro pelo escritório de trabalho e faz sonhar e passear por outras paragens, ainda que o teclado do computador não pare de digitar. Lembro que as gardênias reinavam em outra parte do terreno. Eu havia plantado essas mesmas mudas em local estratégico para doar aroma a quem passasse pela calçada. Mas não deu certo. As gardênias eram roubadas, assim que abertas. Pior que roubar uma flor é roubar um aroma, pior que roubar um aroma é roubar a beleza, pior que roubar a beleza é roubar o sonho.

Amanhã é Natal. Ninguém sabe, mas descobri que o Natal foi roubado, assim como as minhas gardênias. Percebi isso ao entrar no Shopping, formigando de gente nervosa lutando por uma vaga no estacionamento. Mas decidi que do mesmo jeito que transplantei as gardênias para dentro dos meus portões, longe de um ladrão qualquer, poderia transplantar meu Natal para um lugar exclusivo dentro de mim.

Li que povos antigos comemoravam o Natal antes mesmo de ele existir. Não era bem o Natal, mas nessa mesma época de dezembro já existia entre diversos povos, como romanos, incas e sumerianos, uma comemoração em prol da vida e do amor. Eram festas, em que os presentes trocados entre as pessoas eram sentimentos de amizade e bem-querer.

A ideia de uma estrela brilhando que anuncia um nascimento é forte, eu diria, inesquecível. "As pequenas árvores de buxos, enfeitadas apenas com velas, significavam simbolicamente que em uma Noite Sagrada viera a Luz para a Terra...", escreve Roselis von Sass.

Fico imaginando... aonde foram parar os pensamentos sobre isso? Teriam sido roubados pela falta de tempo ou pela obrigação de comprar presentes? Teria sido o Papai Noel?

Dezembro é um mês especial. Não é só o mês que exala o perfume das gardênias. Dezembro é o mês que exala o encanto da vida que insiste em amar e surpreender quem tem olhos para descobrir. É o mês que desabrocha dadivoso e cheio de emoção, presenteando seu aroma a quem quiser sentir. Isso me lembrou Rainer Maria Rilke que diz sobre os dezembros e os janeiros de cada vida: "Se a sua vida diária parece pobre, não a culpe; culpe a si mesmo; admita para si mesmo que você não é poeta o bastante para atrair as riquezas da sua vida; porque para o criador não há pobreza nem lugar pobre e insignificante."

Será que é possível recuperar o Natal? E depois, ainda, transformar cada dia da vida em Natal, como quem transforma um dia nublado em dia de sol e devoção?

Sibélia Zanon nasceu em 1978 em São Paulo, SP. É jornalista, pós-graduada em jornalismo literário. Trabalha como freelancer, fazendo trabalhos institucionais e escrevendo matérias para revistas. Tem interesse especial pela área de educação, pois seus textos são apaixonados por iniciativas que geram transformação. Gosta também de escrever crônicas e passear pela ficção. Este é seu primeiro livro publicado. Mande sua mensagem para: sibelia@uol.com.br

Fátima Seehagen nasceu em 1955 no Recife, PE. É artista plástica, formada em desenho. Trabalha como orientadora em artes, ministrando cursos on-line e presenciais. Em sua temática explora a representação da natureza com um viés na educação ambiental. Ilustrou o livro *Quem protege as Crianças?* (Editora Ordem do Graal na Terra, 2005), entre outros. Mande sua mensagem para: fatelier@defatima.com.br

RR DONNELLEY

IMPRESSÃO E ACABAMENTO
Av Tucunaré 299 - Tamboré
Cep. 06460.020 - Barueri - SP - Brasil
Tel.: (55-11) 2148 3500 (55-21) 3906 2300
Fax: (55-11) 2148 3701 (55-21) 3906 2324

IMPRESSO EM SISTEMA CTP